ノヴァ・ヘラス

NOVA HELLAS

ギリシャSF傑作選

STORIES FROM FUTURE GREECE

EDITED BY
FRANCESCA T BARBINI &
FRANCESCO VERSO

フランチェスカ・T・バルビーニ
&
フランチェスコ・ヴェルソ 編

中村融 他訳

NOVA HELLAS

Edited by Francesca T Barbini and Francesco Verso

ギリシャSF傑作選

ノヴァ・ヘラス

CONTENTS

はじめに

ディミトラ・ニコライドゥ

スペーストラベル、エイリアンとの遭遇、惑星間戦争——これがすべて詰まっているのが、ルキアノスの『本当の話』だ。二世紀に著わされたこの古代ギリシャ語の文章は、今なお世界初のSF小説と見なされている。そればかりか、後世の数々の物語の源泉にもなっている。

ところが、こうした輝かしい幕開けとはうらはらに、ギリシャにはSFがなかなか定着しなかった。ルキアノスの『本当の話』を継ぐギリシャSFの登場は、一九二九年に刊行されるディモステニス・ヴティラスの『*Από τη Γη Στον Άρη*（地球から火星へ）』を待たねばならない。その後の十年あまりで一握りの作家によるいくつかの作品がヴティラス作品のあとを追うものの、一九八〇年代初頭までつづく不安定な政情のなかで、このジャンルの普及は望むべくもなかった。ギリシャのフィクションはおもに政治および社会問題に焦点が当てられ、空想的要素は童話や民話にほぼ限定されていたのだ。ギリシャ神話はおおぜいの独創性豊かな海外作家に刺激を与えたかもしれないが、ファンタジー、SF、ホラーは、本国では少なくとも一九七〇年代まではとりたてて人気のあるジャンルとはいえなかった。アリストテレス大学のアメリカ文学教授でＳＦが専門のドムナ・パストゥルマッツィ博士によると、一九六〇年代にギリシャ語に翻訳されたＳＦの長篇小説はわずか十一冊、アンソロジーにいたっては一冊しかなかった。

だが、ほどなくこの状況は二つの理由で一変する。一つは、一九七四年の軍事独裁政権の崩壊と民主主義の再生が、以前は検閲され軽視されていた新たなジャンルを探求したいという欲求につながったこと、そしてもう一つは、『スター・ウォーズ』のような映画や『宇宙大作戦』のようなテレビシリーズが大ヒットして、作家や視聴者の目がやっとＳＦに向くようになったことだ。当初、救いになったのは廉価本だった。おもに街角の売店(キオスク)で販売されていた翻訳もののペーパーバックと手軽なアンソロジーによって、スペキュレイティヴ・フィクションの名作古典が初めて広く紹介される。その後は一九七〇年代の終わりから八〇年代にかけて、小出版社がアーシュラ・Ｋ・ル＝グウィンやアイザック・アシモフのような現代の古典ともいうべき作品の翻訳に着手し、最終的に一般書店の店頭に並べたことで、熱心なファン層の形成が助長された。ただ、数年という短期間で何百点もの長短篇が出版されたにもかかわらず、このようなＳＦの激増に対する批評家の反応は否定的で、ふたたびパストゥルマッツィ博士の言葉を借りると、「アメリカの二流文学」という揶揄(やゆ)に終始する。誕生したばかりのＳＦシーンは、同人誌や二、三の専門誌、そして、数社の先進的出版社に支えられて、ひっそりと生き延びるにとどまった。

事態が急速に変化しはじめるのは、一九九〇年代末から二〇〇〇年代初めのことだ。インターネットの登場が一役買ったのはまちがいない。しかし、なんといっても見過ごせないのは、雑誌『*9*（エニア）』の発刊だろう。『*9*』は毎週水曜日、ギリシャの二大日刊新聞の一つだった『*Elefherotypia*（報道の自由）』に封入された。中心はコミックだが、ギリシャのオリジナル作品や翻訳もののSF短篇も週一話かならず掲載され、ファン以外がこのジャンルに親しむ場を設けると同時に、スペキュレイティヴ・フィクション作家がメインストリーム市場に進出する機会を提供した。やがて、スペキュレイティヴ・フィクションを書こうという作家は増えはじめ、今なお影響力を持つ熱意あるグループがいくつも生まれることになる。

一九九八年、ALEF（アテネ・サイエンス・フィクション・クラブ）が設立され、設立メンバーの一人で『*9*』編集長のアッゲロス・マストラキスが初代会長に就任した。ALEFは翌九九年から年一回のライティング・ワークショップを開催する（まもなく二年に一回の開催となる）。また、二〇〇三年には雑誌『*Φανταστικά Χρονικά*（ファンタスティカ・クロニカ）』を創刊、これは現在にいたるまで最も長期にわたって刊行をつづけているギリシャのオリジナルSF雑誌だ。

SFファンと大衆小説の読者は、もはやひっそりと生き延びる存在とはいえなくなった。二〇〇三年には、SFF.gr（ギリシャ・スペキュレイティヴ・フィクション・コミュニティ）のフォーラムで、スペキュレイティヴ・フィクションの作家とファンが初めて一堂に会す。そのころにはMMORPGのサービスが開始され、映画『ロード・オブ・ザ・リング』三部作の大ヒットもあいまって、スペキュレイティヴ・フィクションはメインストリームの仲間入りを果たし、SFもファンタジーも共にこの流れの恩恵に浴すことになった。ここにいたってスペキュレイティヴ・フィクションの専門出版社もいくつかあらわれて、ギリシャ作家の小説やギリシャ発のアンソロジーが刊行予定に組み込まれるようになる。ALEFのワークショップでも二冊のアンソロジーが編まれるいっぽうで、メンバーは各自の作品で地位を確立していく。

おりしもアーティストのリナ・テオドルが、「Tomorrows（明日）」と題された展覧会との連動企画で未来のアテネを描いてほしい、という依頼をALEFの作家たちのもとに持ち込んだ。展覧会は二〇一七年五月にアテネの〈オナシス・ステギ〉で開幕。ビジュアルアーティストたちと作家たちとのコラボレーションは同年、『*α2525: Stories from a Future Athens*（α2525——未来のアテネの物語）』というアンソロジーに結実する。その後、『*α2525*』はギリシャ作家の作品を何篇か加えた英語版（タイトルは『*Nova Hellas*（新たなるギリシャ）』、ルナ・プレス刊）とイタリア語版（フューチャー・フィクション刊）を経て、晴れて今あなたが手にしている本になったというわけだ。

この本のギリシャらしさはどこにあるだろう？ これまで見てきたように、結果的にSFというジャンルは、長い歳月の果てにようやく発祥の地にもどって受け入れられた。ギリシャSFは、今はもうみずからの声を見つけたといってもいいだろうか？

本書中の多数の作品をギリシャ語から英語に翻訳するうち、私たちはほどなく一定のパターンに気づくことになり、この問いに対する答えもおのずと見えてきた。『α2525』が書かれた時期の厳しい経済情勢とギリシャの激動の歴史を考えれば、著者の大半がディストピア的未来を夢想し、過酷な時代の到来を描いたのは不思議なことではない。ところが、彼らの描く未来のヴィジョンが悲観的ないっぽうで、作中の主人公たちはきわめて打たれ強い。したたかに、しなやかに、どんな状況でも動じることなく耐え抜いて、前進しようとさえする。しかも、まぎれもない意志の力で、おのれの創造者たちの悲観的ヴィジョンにどこまでも抵抗してみせて、いつしか物語を楽観的なものに作り変えてしまう。そうすることで主人公たちは、つねに生き延びて立ち直り、つねによりよい明日を求めるギリシャの歴史そのものを、そして、おそらくいくぶんかは、逆境のなかでも敵（それが軍事独裁者だろうと冷笑的批評家だろうと）に抗してしぶとく前進するギリシャSFの頑強さを、両（ふたつ）ながら映し出しているといえるだろう。そう――未来のギリシャの架空の肖像であると同時に、影を落としながらも明々と燃えるたゆみない再生のプロセスの描写、それこそが、この『ノヴァ・ヘラス』なのだ。

（安野（あんの）　玲（れい）訳）

ローズウィード

ヴァッソ・フリストウ――佐田千織 訳

ディミトラ・ニコライドウ、ヴァヤ・プセフタキ 英訳

Roseweed by Vasso Christou

Translators from Greek: Dimitra Nikolaidou, Vaya Pseftaki

残り三十三分。

いつも自分は大丈夫だと言い聞かせるのだが、アルバがストレスを感じはじめる瞬間は毎回やってきた。酸素の残量がおよそ四十分になると、起こりうる災難が次々に頭のなかをよぎっていく。水中ライトの故障、酸素供給システムの停止、地震。いちばん新しく加わったのは〈居住性能〉の脅威で、この謎めいた活動家団体は、まったく予期せぬときに水没した建物の基礎に罠を仕掛けていた。問題ない。汚れた水を六メートル潜ったところに入口がある建物に、どんな居住性能が期待されるというのだろう？　アルバはアイガレオ山麓の丘に設けられた人でごった返した野営地を歩きまわったことがあり、もはや住まいを持たないものたちの生活の質について、実体験にもとづく意見を持っていた。

爆破されたふた棟の建物では、実をいえばひとりの犠牲者も出ていなかった。彼女が深呼吸をすると泡が上昇していった。**この建物に罠が仕掛けられることはないだろう。**アルバはガラス製のドアの残骸を慎重に通り抜けて、部屋に入った。古い設計図によれば、かつてはオフィスだった場所だ。向かいの壁に当てたライトを横に動かすと、そこには上に向かってのびる主要な柱の一本があった。破れたポスターが何枚か、彼女の動きによって起きた流れのなかで揺れていた。まだ溶けていない厚手のカーテンに遮られた光が、部屋のなかに点々と染み出している。アルバはかつて机だった大きな家具――無垢材(むくざい)の、とても持ち上げられないほど重そうな――の上を通り過ぎた。引き出しのひび割れから生えた赤や黒の海藻の茂みが、揺らめいていた。このような場所では、この突然変異を起こしたガルフシーウィードだけが繁茂している。とても魚や貝が棲(す)めるような水質ではないのだ。

海面上昇によってピレウスの住人が自分たちの港に別れを告げることを余儀なくされたとき、ほとんどの建物は完全に無人になっていた。放置された貴重品は、大変な悲しみか大変な富のいずれかを物語っていた。マヴロミハリ通りのその建物は、かつては船会社の所有物だった。いち早く本社を安全な土地に移転させた会社のうちのひとつだ。

もう一度深呼吸をする。**わたしは大丈夫。わたしにはなにも起こらない。**アルバは片方の手をもう一方の手で安定させると、最後の構造材のサンプルを採取するために柱にドリルを突き刺した。酸素不足のせいじゃない、そう彼女は自分に言い聞かせた。情報ネットワークから強制的に切り離されたことによる単純なイライラは、禁断症状の最初の段階に移行していた。カーテンがドリルの振動に合わせてゆるやかに揺れている。二十六分。まだ大丈夫。彼女は十個のサンプルを採取していた。もし基礎に罠が仕掛けられていれば、いまごろはその仕組みが作動しているところだ。ドリルの低いうなりに、彼女の心臓の鼓動は徐々に速まっていった。

なにも悪いことは起こらない。

器材を載せた四角い帆の小型船（ラガー）が、建物の二階の手すりにつながれて激しく揺れていた。彼女が潜っているあいだに風が強まっていた。レギュレータを外したとたん、アルバは情報ネットワークに接続した。ハキームの手がのびてきて、まずサンプルの入った袋を、それから潜水タンクごと彼女を引き揚げた。ニュースフィードが世界じゅうの何十という測候所から、最も重要な天気事象の最新情報をダウンロードした。ナポリの大洪水（何日か前に予測されていた――）、フィリピンの台風級の風、トリポリの砂嵐（彼女は手すりにしっかりつかまって見直した）。リビアのトリポリ、それともペロポネソス半島の？　ここ数年のアルカディア高原の気流を考えに入れれば、あり得ない話ではなかった。彼女がまたニュースを読みはじめたとき、至急のメッセージが入った赤い封筒が右上隅で点滅して大きくなっていき、やがて右目の半分を覆った。

リビアのほうだ。アルバは一瞬目を閉じながら手すりを乗り越えた。もちろん通知を見るのをやめたわけではなかった。インプラントは彼女の網膜に直接情報を送っていた。彼女がなんとか閉め出せたのは、自分がそのなかを通って出てきたオイルの染みの虹色だけだった。浸水したタンクにわずかに残ったオイルは、あれから何年も経（た）っているのにいまだに水面まで浮かび上がってきた。アルバは背中の重い器材を下ろすために潜水助手から離れると同時に、メッセージを受信した。それは技師長からだった。

サンプルはわたしが預かろう。

アルバはハキムに完全にフードを脱がされる前に髪を持ち上げようと、眉間(みけん)にしわを寄せて急いで手袋を外した。なにがあろうと、鳶色(とびいろ)のおさげがウエットスーツに触れるのは避けたかった。オイルのほかにも、灰色や緑色の水は富栄養化によって発生した微生物、腐った海藻、生ゴミ、それにヘドロの悪臭を放っていた。

アルバが構造材から取ってきたサンプルを個人的に調べたいとバラッツァスが求めてきたのは、ほんの数週間のあいだにこれで三度目だった。彼女の仕事が信頼できない理由がなにかあるのだろうか？　四年にわたる協力関係のなかで、アルバは一度として顧客の苦情を耳にしたことはなかった。明らかに誰かが、建物の適合性がより高く評価されるように大金を払っているのだ。だがアルバは、自分の雇い主が正直者といってもいいのを知っていた。彼は補足説明をいじるだけで、証明書では想定される適合性にくらべて、せいぜい一段階高くなるにすぎなかったからだ。いうまでもなくこのゲームでは、バラッツァスは彼ら全員を巻きこんでうまくやっていた。もし国が水没したマンションには充分な耐荷重性能があるとみなしてくれるなら、余分に何セントか支払うのを拒むものはいないだろう。

「水は？」

アルバはシリア人の助手が差し出したボトルからごくごく飲みながら、サンプルでふくらんだリュックのポケットをぼんやりと眺めていた。長年の経験から、この建物は問題なく

「居住適合」の証明書を得られるだろうとわかっていた。どうしてバラッツァスはサンプル

をほしがるのだろう?

ハキムが上の階を指さした。「どのくらいかかる?」

かつての港からの波はドラガツァニオウ通りのほうへ移動して、まずベランダの染みのある大理石をあらわにしてから、それを有無をいわさず覆い、二階の壁に海藻を投げつけていた。ローズウィードはオイルを食い尽くすように改良されていたが、そのかわりに急激に増殖して廃墟に生い茂った。アルバは目を細め、聖ソフィア教会に近い新しいビーチに向かってリズミカルに膨れあがっていく油の浮いた水を見た。二隻の小型客船が、パパストラートウ通りの近くのふたたび人が住むようになったマンションにつながれて上下に揺れていた。

ネパールでは洪水、マサチューセッツでは強力な竜巻の予報。彼女は二回クリックして、それらのニュースを下に流した。水の外ではネットワークにアクセスすることができたが、片づけるべき仕事はまだたくさんあった。もし遅くならなければ、誰も彼女がサンプルをひとつかふたつ余分に取ったのではないかと疑うことはないだろう。

「一時間くらいかな」

「ひどい天気だ」タンクを操舵輪(そうだりん)のほうに引っ張っていきながら、ハキムがつぶやいた。

「急げ」という意味だ。アルバはうなずいた。ラヴェンナではきたるべき天候に備えて、防潮堤の再強化を急いでいた。もしかしたらまだ時間があるうちにジブラルタル海峡を封鎖しなかったのは、ヨーロッパ側の手落ちだったかもしれない。地中海は死に絶えるだろうとい

われていた。まるでいまは生きているといわんばかりに。すべてを覆いつくす悪臭に、アルバはしわを寄せた鼻を鳴らした。

　水没した木々の裸の梢を後にして、かつての平和友好スタジアムの縁を航行するにつれ、ラガーの上下動がおさまった。船は防波堤の陰を通過した。そこにやってくるたびアルバは、初めてのボーイフレンドと一緒にスタジアムのそばのファリロ駅に通じる浸水したトンネルにダイビングにいったことを思い出した。当時は連日連夜、防潮堤のかさ増しと補強が行われていた。また彼女は、あるとき双方の両親に見つかってひどく叱られたことも思い出した。

　アルバが子どもの頃、両親はよく自分たちの運命を呪っていた。彼らはよりよい明日を求める未成年者としてアルバニアのドゥラスからギリシャにやってきて、身を粉にして働き、結局は自分の子どもたちと一緒に経済的に破綻した異国に閉じこめられてしまったのだ。誰も過度な温暖化や海面上昇のシナリオを真剣に受け止めていなかった。コンピュータモデルや汚染除去のためのプロトコルはたくさんあったし、最良や最悪のケースのシナリオは盛んに議論されていた――だが世紀末までに水位が一、二メートルを超えて上昇する可能性が語られることはなかった。シベリアと南極での出来事があって、この星について学ぶべきことがどれほどたくさんあるか、都市がどれほど脆弱か、そして責任のあるものたちがどれほど傲慢なまでに無知であるかが証明されるまでは。最初の年は二十センチだった。それからの五年間で六メートル。さらに五十センチ上昇するのにもう三年かかり、その後は都市を守るのに充分な時間がないなかで状況は安定したように思われたが、同時に世界では難民や飢饉（ききん）、パニック、過激な狂信の波との闘いも行われていた。アルバは思春期のあいだずっと、気温と天候の番組を見て過ごしていた。それは彼女にとって、いつか自分たちは意欲に燃えた「純ギリシャ」運動の餌食（えじき）にされると思っている両親の怯（おび）えたやりとりからの、悪夢じみた脱出法だった。パキスタン人、シリア人、それにアフリカ人は絶えず標的にされていた——まるで海面上昇を引き起こしたのは彼らだとでもいわんばかりに。アルバニア人はとても色白で、この国に長く住んでいたから、そういう人たちよりもうまく溶けこんでいたのだ。彼らはすり抜けていた。

　アルバは会社の係留地であるカライスカキ競技場で、桟橋（さんばし）のコンクリート製の縁に飛び移った。彼らの器材を守るのはハキムの仕事だった。彼女のほうはカシュテラ社のオフィスまで連れていってくれるエレベータを待つことになる。ラヴェンナでは急結セメントを投下するために、軍が投入されていた。アルバはサンプルが入った重い袋を、いっそうしっかりと抱きかかえた。どうして技師長は突然、ひどく欲深になったのだろう？　なんといっても夏のあいだエアコンの利用時間を余分に一時間買う必要があったのは、彼女のほうなのだ。技師長は一日じゅうそれを使うことができた。

「会社にたっぷり仕事を押しつけられたのか？」ドアのところにやってきたタソスが尋ねた。

「いいえ。明日出社しなくてすむように自分から、いまレポートの下書きをすることにしたの」

「ああ、そうだったな」彼は出ていきながら、ばか笑いをした。「あんたの休日か。たぶんあの天使みたいなタファリはあんたに、天気図の上に覆い被さった激しい夜を過ごさせてくれるんだろう」

アルバはなにをいわれても首を振らなかった。そのおなじみの冗談は長いあいださんざん聞かされてきて、もう笑えなくなっていた。四時間の潜水二回につき半日の休みを与えるよう雇用主に義務づけている法律をねたましく思っていることを、タソスは自分でも認めていた。しかし彼が突っかかってくるのは、アルバが苦労して手に入れた一日のせいというより、彼女がその一日をふたつ目の学位を取得するための課題と勉強に費やすのだと考えたせいだった。それは金（かね）になっていないから、むだだ。以上。

母はアルバが気象学を勉強するのをいやがっていた。彼女の主張は揺るぐことがなく、もし掃除婦の娘が人生で成功したければ、需要の高い分野の学問を追求しなくてはならないという考えだった。海面が上昇するにつれて、技術者の需要も高まった。絶えず危機的状況のただなかにあるギリシャ政府には、ほかのほとんどの国がやったように国内で調整して沿岸部の都市を守るのはとても無理な話だった。しかし別の理由から、土木技師の需要はいまだに高まっていた。潜水の訓練を受け、建物の水没した下部構造の危険な迷宮に潜る勇気がある人材は、引っ張りだこだった。アルバはそのニッチ市場にうまくもぐりこんでいた。母親の意に反して、彼女がその仕事を選んだのは金になるからではなく、気象学を学ぶための休日が得られるからだった。金を払わなくてはならない学問のための。

今週は三つの課題を提出することになっていたが、アルバが遅くまでオフィスに残っていたのは今度の休日のためではなかった。サンプルになにが起きているのかをはっきりさせるためにバラッツァスのアーカイブを検索する勇気はなかったが、それでもあのシリンダーが分類されている倉庫を調べて、自分で検査することは可能だった。

アルバはレポートを何度も修正しなくてはならなかった。緊張していたし、そのせいで予定よりも時間がかかってしまったのだ。なにがあっても大丈夫なように、アルバは大学のウェブサイトに接続して課題をダウンロードした。もし許容範囲を越えて社内にいるところを見つかれば、最悪の場合、会社の電気を個人的な理由で消費したと咎められることになるだろうが、それだけのことだ。

アルバは明かりをつけずに技師長のオフィスに入った。彼女は夜にその大きな窓のそばにいくのが好きだった。ファリロとモスチャトが見える窓だ。闇のなかでは水没した建物も、ピレウスの一部を島にしてしまった灰色の水も、見分けることはできなかった。居住に適していると判断された建物の明かりがいくつか、非陸地に散らばっているだけだ。彼女は暗いなかを手探りして、ロッカーのそばで鍵を見つけた。有毒なローズウィードの上を船で動きまわったり上層階のバルコニーのあいだに仮設の橋を架けたりしている、半ば水没した地区にしか住めない人たちのことが、頭のなかをぐるぐる回っていた。その間借り人たちは、理由のいかんにかかわらず建物が倒壊した場合に救助される権利を放棄する書類に署名していた。雇ってもらうために、アルバがすぐ署名したように。次の大地震が起きたら……彼女は身震いした。

鍵をしっかりとつかんだアルバの目はまだ、陸地と非陸地、市民と下層民のあいだに横たわる暗い郊外に釘付けになっていた。彼女は落ち着いて、キーロッカーからそれを取り出した。


手すりに設置された太陽光アレイの灯りが次々に消えて、夜から明け方までの時間、橋の下で逆巻く水は暗いままだった。昼間の疲れと夜の睡眠不足のせいで少し寒かったが、アルバにはたとえ少しのあいだでも周囲の海藻の悪臭を吹き飛ばしてくれる北風を歓迎する気持ちもあった。彼女が子どもの頃は、十一月の風はこの時間帯がいちばん冷たかった。

アルバは自宅に帰るのに、金属製の低い橋を渡ってピレウスの島とモスチャト駅を結ぶ小さな路面電車をよく使っていた。その夜明けは電車に乗らずに歩くことにしたのは、ようやくベッドにもぐりこんだときにサンプルやレポートが目の前に浮かぶことがないように、夜のあいだの考え事を頭から追い払うためだった。最後の橋の階段では、丸くなってじっと動かない体を飛び越えなくてはならなかった。タファリなら、こんな時間に徒歩でうろうろするなと小言をいうだろう。アテネは彼が生まれるずっと前に両親が捨ててきたエチオピアよりも、危険な場所になっていた。土木技師をしている彼は、ファリロの新しい防潮堤にあるたくさんの建設現場のひとつで責任者を務めることで、少し楽観的になっていた――だが少しだけだ。なんであれ危険なことがあると、もとの不安が表に顔を出した。「純ギリシャ」は、見た目が違うものを誰彼なく脅すことをけっしてやめなかった。そして彼の場合、違いは明らかだった。

アルバの網膜の時計が六時二十七分を示した。タファリが仕事に出かける前につかまえようと、彼女は足を早めた。こんな早い時間に自分が発見したことを話してもなにか意味があるのかわからなかったが、パートナーは聞き上手だったし、彼女はどこかで荷を降ろしたかった。

アルバたちが集め、バラッツァスが彼らから回収したサンプルはすべて、物的計画省によって設けられた基準に照らせば、明らかに建物が安全であることを示唆していた。しかしこの二カ月間に彼女が調査した建物——どれも電車の駅の裏手、ドラペツォナ方面のものだった——は技師長によって、適合性に関しては一番下から二番目とみなされていた。最近発布されたどの法令でも、取り壊すしかないと判断されていたはずのランクだ。といっても、誰も非陸地を取り壊すことに興味はなかったが。その地区でこの数カ月間に発行された証明書を省のアーカイブで詳しく調べてみると、別の技術系企業も、その地区の建物を居住に、あるいはそのほかいっさいの用途に適さないと証明していることがわかった。

たとえ統計的にいっても、これはあり得ないことだった。

電車の駅に設置された三つの大きなスクリーンに、インプラントを埋めこんでいないわずかな乗客向けのニュースが流れていた。アルバはロンドンでの混乱から、既に知っているニュースに注意を向けた。ラヴェンナではダムのひとつが決壊し、犠牲者の数は既に三千人に上っていた。そう長いあいだ海を欺くことはできなかったのだ。悪天候は急速に東へ進んでいた。ひょっとしたら戦闘がはじまりもしないうちに海に降参したギリシャのほうが、結局は賢明だったのだろうか。

いったい誰が安全基準を満たした建物を居住不能とみなしたがるというのだろう？ ひょっとするとこれもまた、再居住を思いとどまらせるための〈居住性能〉の策略なのだろうか？ しかし、もしあの組織の謎めいた庇護者たちに技師を買収するだけの資金があるなら、なぜもう一歩踏みこんで基準に関する法令を出す人間を直接買収しなかったのだろう？ 良心の呵責が理由ということは、まずなさそうだった。だいいち、なぜ気候難民のための施設を別の場所に建てるために使わないのか。本物の居住性能を有する施設を。

汚いビジネスだ、とタファリはいうだろう。深入りするなと。たしかに。それは誰でも知っていることだった。カポディストリオウ通り周辺の広場にある古い店舗は、最高の麻薬取引の巣窟になっていた。小型のモーターボートを使えば建物のあいだを移動するのはたやすかった。アパート街の迷宮では地上と海上両方の詮索の目から隠れられたし、古いバルコニーの陰にいれば監視衛星にもとらえられずにすんだ。でも違う。薬物はグラム単位で取引されるものだ。あれだけの空間が必要な麻薬取引ビジネスはない。人間の臓器だろうか？ それなら冷却装置が必要だろうし、電力会社は非陸地には電気を供給していなかった。あそこではなんでも発電機だけで機能していた。だから、違う……。

アルバはジャケットをしっかり体に引き寄せて、駅に入った。タファリは関わるなと警告するだろう。彼女は笑みを浮かべた。アルバは危険な建物に潜るような人間ではなかったが、インターネットの検索結果に怖じ気づくこともなかった。

「ヒドラパーク？　ヒドラパークって？」

「コンディリビーチから昔のジャンボ社の倉庫を越えてパパストラートス社との境界までの建物を、全部所有してる会社の名前。スイスの建設会社を通して買ったの。本社はメリーランド」

西の空に沈んでいく赤い太陽が、最近建設された桟橋の下で揺れる枯れた海藻を紫色に染めていた。悪天候による波はラヴェンナで六千人を超える人々を溺死させ、アドリア海を渡っているところだったが、イオニア地方に到達するのは週末になるだろう。アルバは目の上に手をかざし、穏やかな海を背にした長身のパートナーを見上げた。「その改竄された証明書はすべて、彼らのために出されてた。会社はそれをたしかめもせずにすべて買い取ってる——標準的な手順じゃない」

「すると、ヒドラパークは建物を安く買えるように証明書の改竄を依頼したんじゃないんだな？」タファリが尋ねた。

「証明書には十年の期限があるし、発行後に訂正するには裁判所を通す必要があるから、彼らの利益にはならなかったはず。あんな分類では簡単に利用することはできないし、うちの上司は省の認可を失う危険を冒したりしない」昨日の風は治まっており、もしその静けさのせいで空気がひどいにおいになっていなければ、アルバは深呼吸していただろう。「その会社のサイトでは、専門分野に関係なくダイバーを募集してる。パートでもフルタイムでも」「そうか」タファリは心配そうに眉を寄せながら、ためらいがちにいった。「だったら彼らがなにをやってるにせよ、とりあえず法律の範囲内で活動してるってことだな。少なくともある程度は」

「そうだといいんだけど」結局アルバは息を吸いこんでいった。「なぜって最後に検索した十分後に、彼らからメッセージが送られてきたから。わたしに会いたいって」

タファリが黒い肌の下で青ざめたのが、彼女にははっきりとわかった。

「テーマパークですか？　テーマパークを建設して、ピレウスの廃墟を乗り物で巡るツアーを提供したいと？」

「ほかになにかありますか？」そういった面接官の声はひどく陽気で、彼女が人生で知っているのは、そうしたテーマパークで経験する楽しみだけなのではないかと思わせるほどだった。「バーチャルリアリティは、しばらくのあいだは人々を夢中にさせてきましたが、それが誰にでも利用できるものになって以来、わが社の裕福なお客様はみなさん、生の体験を好まれるようになっています。わたしたちは彼らに、ゴーストシティの危険な旅を提供しているのです」

「具体的にはどういうものなんですか？」

広報の専門家――けっしてアルバが自分で送ったわけではない履歴書が、彼女のタブレットで輝いている――は、白いシャツの上から心臓に手をあてて、大げさな身振りをした。

「ああ、残念ながら娯楽には危険が欠かせないのですよ、ミズ・ガッツ。お客様の心をつかむにはアドレナリンが必要なのです」

「ですが、建物はそれほど危険なわけではありません」

面接官の目が輝いた。「これらの建物には、その内部で行うすべての活動が潜在的に危険であることを示す本物の証明書が出ています。こうやってわたしたちは、なにか特別な体験を求める方々にまたとない機会を提供しているのです！」

「すると、上のほうの階にレストランとカジノを設けるんですね。当然、悪臭で吐き気がしないようにしっかり密閉して」

「まず手はじめにね。脱出ゲームを用意しているところなのですよ。制限時間があって、どんな危険があろうと終了することはできない。これぞ生涯にまたとない経験でしょう！」

「それでダイバーはなにをするんでしょう？　基礎の補強ですか？」

「素晴らしいアイディアですね、ミズ・ガッツ。もしあなたが希望されるなら、わたしはパートタイムではなくフルタイムでの採用を提案しようと考えているところなのですよ」

「わたしにはあまり時間がないんです。いまふたつ目の学位に取り組んでいるところなんですが、そのことはもうご存じですよね？」

愛想のいい大きなつくり笑いが、面接官の唇にゆっくりと広がった。「もちろん。天気予報を見るだけでは物足りないのでしょう、親愛なるアルバ？　気安い態度を取っても許してもらえるでしょうね？　あなたは災害が起こる前に予知したい。あなたは為す術もなくただ洪水を眺めている人たちとは違う。あなたは干渉したい。わたしを信じて」彼女はここだけの話をするように声をひそめた。「あなたにはできる」

かなり説得力がある広報活動の典型だな、とアルバが思っているうちに、女は先を続けた。「考える時間をあげましょう。ポジションはたくさんありますよ。ダイバーの最初の仕事は、水没している場所を隅々まで完全に装飾することになるでしょう。そのあとは、ツアーガイドが必要になるでしょうね」

「水はひどく汚染されています。それに有毒な海藻だらけですよ」

「もちろんそうでしょう」女の前にいきなり、本物と見間違えそうなふたり乗りの小型潜水艇の三次元ホログラムが現れた。「この特別なツアーのために、大きな戸口と出口になるバルコニーのある建物を選んだのは、それが理由なのです。ほとんどのお客様は快適な保護された状態で、居間やオフィスビルのロビーを一周することになります」

相手が口にする前から、アルバにはその続きが聞こえていた。かたわらの空間を埋め尽くすように、彼女のものとよく似ているがもっとピカピカのダイビング用の器材が置かれていたのだ。「でも素晴らしい体験を望まれる方々、不安や辛さ、危険をくぐり抜けたい方々は、もう少し余分に払う必要があるでしょうね。どうすれば彼らが人生を送るなかで、汚染された水のなかのいつ閉じこめられるかわからない部屋や危険性が証明されている地下室から脱出した、ということができるでしょう？　それとも、より教養のある方々なら、水没した図書室で何年も水に浸かっていた本を手に取ったと？」

アルバはキーボードを起動した。

恐ろしげな絵の説明を

海上とのやりとりは通常の仕事では望めない贅沢（ぜいたく）だったが、水没した部屋をより効果的に飾るために、ここでは必要なことだった。

「水が表面に与える損傷の再現」いつも陽気な声がいった。

それなら見たことがある。水は絵にこんな損傷は与えない

「ああ、自分が技術者だってことは忘れてちょうだい、アルバ」いつも押しつけがましいほど親しげで、打ち解けた態度。「これはショービジネスだから。水がどう作用するかは問題じゃない。重要なのはお客様を怖がらせること。彼らはアドレナリンを求めてここにいるの

だから、あなたはそれを新しい高みに引き上げてやらなくてはね。彼らは薄明かりのなかを寝室に入っていくでしょう。ちょっとした恐怖はゲームの一部。これはわが社の心理学者が数千人の顧客候補のプロフィールを吟味して、助言していることなんです」

ほんとうに大勢の金持ち、ほんとうに大勢の愚かな金持ちが、危険とみなされた建物のなかで過ごしたがっている。ほんとうに大勢の人食い人種が、海に要求されてわが家を捨てた人々の惨めさを踏みにじることで、腹を満たしたがっている。もうやめよう。ヒドラパークの給料はよかった。二回潜るごとに、一カ月のあいだエアコンを一時間余分に使える額になる。

残り四十分。アルバは水を蹴って天井に向かって上昇した。カーテンを固定する時間はたっぷりあった。自分の家でも、窓にカーテンを吊るさなくてはならないときに浮かんでいられたらいいのに。

不可欠な劇的雰囲気を出すために深鍋と平鍋をキッチンに置くだけの時間は、残っていなかった。すべてがそれらしく見えるようにするために、彼女はここでたくさんの細かい作業をしなくてはならなかった。バラッツァスと彼の証明書を後にした翌日に。

カーテンレールの作業が終わると、アルバはふたたび酸素の残量を確認した。残り三十四分。心配するのに充分な時間だ。ライトの故障、いや――もうここではひとりで働いているわけではなかった。いま彼女の下では、重りで床に固定されたベッドの木枠にマットレスを設置する作業が行われていた。海藻の茂みごしに、マットレスを枠の角に合わせているのが見える。酸素供給システムの損傷、いや——彼らにはアルバを助けて海面に浮上させるのに充分な時間があった。地震。これは……これは常に起こりうることだ。しかしヒドラパークでは、救出される権利を放棄する署名はしていなかった。

マットレスが枠に収まりはじめ、同僚たちがビニールの包装を破るとドスンと落ち着いた。上から見ると、消せない染みをふたつ見つけることができた。完璧だ。ゴミを原材料にして、もっともらしく仕上がっている。彼らのなかには、あとで水中ツアーの最中に披露するそれらしい作り話を用意しているものもいた。

爆発物の脅威はリストから除外されていた。それは会社の策略、危機感を煽る仕掛けにすぎなかった。いつかほんとうに居住に適さない建物は倒壊するだろう。きわめて慎重なチームがその対処にあたっているところだ。ショーの進行中に起こる一度か二度のごく小さな爆発は、一気にアドレナリンを放出させて、本物の危険というスパイスをつけ加えることだろう。そしてもしそういう愚かな大金持ちのひとりが恐怖のあまり突然死しようと、アルバにはどうでもいいことだった。このゲームはまさに、世界に海藻やなにかを氾濫させたそういうグループの人々のためにつくられたのだ。それに、人類の総ＩＱがほんのわずかだが上昇するだろう。

アルバは手袋をはめた両手で慎重にローズウィードをふたつかみ取ると、ぼろぼろのカーテンの穴に編みこみはじめた。一種の特殊効果だ。三十分。彼女が笑うと、泡が上昇していった。

絹のリボンとして売られている海藻。それはまさしくそう見えた。

社会工学

コスタス・ハリトス ― 藤川新京 訳

ディミトラ・ニコライドウ、ヴァヤ・プセフタキ 英訳

Social Engineering by Kostas Charitos

Translators from Greek: Dimitra Nikolaidou, Vaya Pseftaki

「問題とはなんだろうか？　自分では解けないもののことだろうか？　違う。問題とは、誰か他人なら解けるとあなたが思っているもののことなのだ」

おれは岩の断崖の縁に立って、パナシナイコ・スタジアムの前を流れる燃え上がる長い川を見下ろしていた。光が屋根のない観覧席に反射し、ペンテリクス産の大理石がオレンジ色に輝いている。スタジアムは大きな再起動スイッチみたいで、都市全体を解体し一から構築しなおすために押されるのを待っているかのように見えた。

「何がおれの気に障るかわかるか？」おれは隣で羽ばたいている天使に尋ねたが、そいつは答えない。修辞疑問を理解するように拡張現実機能がアップグレードされたのだろう。

「おれのことを問題を解決するくそ野郎だってみんなが考えてることだよ」

「言葉づかいに気をつけなさい、わが子よ」天使は言う。

「アテネのど真ん中になんで炎の川があるんだ？」

「人類の運命を思い出させるためだ。罪びとを待ち受ける永遠の火だよ」

ギリシャ正教会が金（かね）を払ってソフトウェアを開発させたのか、信者がただで寄進したのか気になったが、どちらにせよ村の説教師みたいな口を利くこの翼の生えたしろもののために一マイクロビットコインでも払ったのなら、連中はだまされているにちがいない。

「ちょっと腰を下ろしてくつろげる場所を探そうかなと思っていた」おれが言うとアテナじゅうの神殿がクリスマスツリーの飾りのように光りはじめた。

「イザベラ種の葡萄(ぶどう)で造ったツィプロ(ブランデー)が飲める場所をね」おれは条件を絞った。天使が良いほうの翼を芝居がかったしぐさでぐるっと振ってみせると、神殿が消灯し、かわりに喫茶店が明るくなった。カリツィ通りの近くの小さな喫茶店でツィプロが割引になっているらしい。水の小ボトルのおまけつきだ。廃物リサイクル品だろうが、お買い得品であることには変わりない。

「もう行くよ」シンプルな生活の利点と我々みなを待ち受けている天界の領域について説きながらケーブルカーのところまでついてきた天使におれは言う。座席に腰を下ろし、アテネの空を見上げる。といっても何かの領域が待ち受けているのを期待していたわけじゃない。見えたのは空を飛びかうボットや元気いっぱいの小さな天使たちだけだった。天使たちはとてもよくできていて実体がないとは思えないほどだ。彼らは何かを唱えていた。おそらく中世ギリシャ語だろうが、よくわからない。

「大天使ガブリエルによろしく」ケーブルカーがリカヴィトスの丘のふもとへごとごとと下りはじめ、おれは天使に向かって言う。拡張現実の出力が低下し、天使はおれの隣でちらちらした。姿を消す前にナビゲーターの天使はおれのほうにやさしい視線を向け、美しい声でささやいた。

「投票を忘れることなかれ。教会はそなたを必要としている」
そしてそなたは教会を必要としている。おれはスローガンの続きを心の中で唱える。

「問題は解けない——社会工学の第一法則」

おれは両親が毎年大晦日に送ってくれるアルタ山地直送のイザベラ種の葡萄の蒸留液をグラスに注ぎ、ワンルームに付属の狭いテラスに足を踏み出した。太陽光発電パネルに積もった埃を手で払いのける。かつてはアンテナでいっぱいだったテラスが、今ではパネルと風車で埋め尽くされている。おれはアテネを眺め、両親が最初の大脱出の波に乗りここを捨てて田舎へと向かったときに比べて、この街は美しくなったのだろうかと考えた。画一的なコンクリートの街並みと、このうらぶれた界隈の非対称な景色のどちらが美しいのだろうかと。
おれの家族は取り壊された街区や、見捨てられたオフィスの建物を二十メートルの高さまで覆いつくしている緑の蔦や、再び水の流れるようになった古い川を目にすることはなかった。正確に言うとこの季節に流れているのは、水というより茶色いどろどろだが。せめて街を侵食しつつある自然を眺めるために六階分も階段をのぼらなくてすむのなら、もうすこし景色を楽しめていたのではないかとも思う。とはいえもし前の居住者が管理料を支払っていたら、おれはこのアパートを購入することはできなかったはずだ。空き物件はいくらでもあったが、まともなペントハウスは懐に余裕のある人間のものになっていた。そういう場所では、エレベーターも動いているし、蛇口からは飲める水も出てくるし、電化製品は中央送電網につながっているのだろう。エレベーター、電気、水道。建造物の小社会の機能不全は常にこの順番で起きる。

おれは部屋に戻り、リサイクルされた炭水化物バーを食べはじめた。紙みたいな食感だ。電話が鳴ったので取る。会ったことのない男が視界に現れる。おれに会いたいらしい。仕事の規模と対象を大まかに聞き出そうとすると、男は言葉を濁しながら説明した。引き受けることにする。おれはテラスに戻って街を眺めてその雄大さに胸をうたれ、何も疑問を持つことなく街路を歩く住民たちのことを考える。この仕事の対象は彼らだ。地平線のほうを眺め、パナシナイコ・スタジアムの前を流れる川を見分けようとするが失敗する。

「どうなってるんだ？」ナビゲーターとして現れた片足が途中からないストリートチルドレンにおれは尋ねる。先月からこの地区の拡張現実は、社会的弱者の問題に取り組んでいるNGOに乗っ取られていて、彼らはしょっちゅうナビゲーターの姿を変えていた。昨日おれを導いていたのはホームレスで、おとといは移民二世だった。

「何でもない」

「何でもないってどういうことだ？　あそこに川があるんじゃないのか？」

「取り立てて言うほどのものは何もない」

NGO出身の拡張現実はこういうことを言い出すのだ。

「住民投票はどうなってる？」おれは彼に尋ねた。

○4○

「教会が優勢で、軍が二番手に来ている」

「ああ神よ」おれはつぶやいて、思わず気をつけの体勢を取った。

「問題というものは誰かが自分の問題を解決しようとすることによって持ち上がる」

エスプレッソはかろうじて飲めるにすぎないしろものだった。店員の考えているのは拡張現実チップを客の味覚神経に繋(つな)げて、店を潰(つぶ)さずにいることだけだ。会う約束をしていた男がやってきた。少なくともおれの肩に乗ったふくろうはそう言っている。

「そなたの待ち人が来た(イゾウ・オ・ソス・ペラス・エイシ)」

古代ギリシャ文明のファンから資金を提供されたどこかの天才プログラマーが、ふくろうに古代ギリシャ語のアッティカ方言だか何だかとにかく今おれが聞かされている方言を話させることを名案だと考えたらしい。プログラマーは少なくとも通行人にチュニックを着せることはしなかった。おれの依頼主はゆったりしたバミューダショーツ、チェックのシャツにストラップサンダルといういでたちで、おれたちの上にそびえ立つ神殿をこれから訪れるかのようだ。おれはもう長いこと神殿には行っていない。神殿は実はもうイギリスの博物館に丸ごと移設されていて、いま見えているのは拡張現実上の再現物にすぎないと言う者もいるが、人々が広めたがる数多くの噂(うわさ)の一つにすぎないのはたしかだ。

「きみがダニエル・ワンだな」彼は笑みを浮かべながら言った。

「そしてあんたはアレクサンダー・ゼロ」おれは答える。

「名前はアレクサンダー、ゼロはない」ナビゲーターが訂正した。ジョークは通じなかったようだ。


「アレクサンドロスでいいよ」ふくろうがおれに言ったことは依頼主には聞こえていないので、彼は自分でも気づかないうちにふくろうの言うことを翻訳するかたちになった。

「オーケー、アレクサンドロス。座ってくれ、エスプレッソを奢ろう」とてもそんな余裕はなかったが、財政状況を他人に明かすわけにはいかなかった。

アレクサンドロスが金属の椅子を引くとキーっという音が耳をつんざいた。彼は自分が周りの客を不快にしたことにも気づかない様子で腰を下ろした。彼はポケットから、つややかな漆黒の小さな楕円形のボットを引っ張り出し、それを自分のそば、喫茶店の小さな日よけの落とす影の外側に置いた。しばらくそれは焼けつくような太陽の下でじっとしていたが――ソーラーパネルが貪欲にエネルギーを吸収しているに違いない――やがて展開し、現れた四つの小さなプロペラが回転しはじめた。ためらうように浮き上がるとテーブルや客のあいだをぬって進み、やがておれたちの十メートルほど上を飛びはじめた。明らかにそれはこちらを見ている。小さな黒い目でこちらを、そしてこちらの内側までを見通していた。おれはそれを見返す。

「念のためだ」アレクサンドロスはにやりと笑いながら言った。「大きなものがかかっているのでね」

「用件を聞こうか」

「我々の抱える問題がわかるか？」

「拡張現実のグレーゾーンに関する投票だろう」

「そのとおり。グレーゾーンはアテネの五十パーセントを占めている。我々は勝利を目指している」

「他の十何個かのギルドと同じくね」

彼は思わず笑みを漏らし、こちらへわずかに身をかがめた。

「非政府組織と呼んでほしい」

「他の十何個かの非政府組織と同じく」

「きみを雇った理由だ」

いかにもギルドの代理人らしい。連中は拡張現実の制御を任されてからというもののすっかり調子に乗っているのだ。おれのところにたどり着くまでに少なくとも五人の他のまともなエンジニアにおことわりされたはずだが、それを知られていないと思っている。おれが連中にとって武器を降ろして敗北を認める前の最後の希望であり、普段なら小便に立ち寄るのもごめんなこの汚らしい喫茶店でおれと話をするのもいやだということにこちらが気づいていないと。

「おれの料金は高いぞ」おれは言った。

「成果物と引き換えに支払おう」

「前金として半分貰う」

「証明が欲しい」

「もちろんだ」おれは自分が何をしようとしているのかもさっぱり知らないまま言った。しかしながら、安請け合いをしないねじ回し屋がどこにいるだろう？


「問題を隠すことは不可能だ――社会工学の第二法則」


三百万人の人間を説得して意中の候補に投票させるにはどうすればいいだろうか？　それは社会工学の博士論文のテーマになるだろう。そしておれはそれを数日のうちに書き上げなければならない。金が欲しければ、ということだ。直近の分割払いをまだ支払っていなかったし、もしまた払い損ねたらアルタ山地でミズキと葡萄を育てて暮らす羽目になりかねない。だから、ローンは払うだけの値打ちがあった。おれは社会工学の教育を受けるために金を払い、手に職を付けた。もちろん、学位を取って商工会議所に登録するところまではいかなかったが、法律のぎりぎりのところで仕事をするには十分だ。もう一つのローン、埋め込みチップの分は家族に払ってもらっていた。壊れていても払うものは払わなければならない。イザベラ種でつくったツィプロがはやらなくなれば、それもおれの肩にのしかかることになる。

おれは白い木綿のTシャツを着て六階分の階段を駆け下り、街を歩きはじめた。基本はこうだ。インプラントは視神経と耳介神経の二か所に埋め込まれている。ここにデータがアップロードされる。投票所でゆらめく候補者一覧を眺めながら投票スクリーンに向かうところを思い浮かべる。どうやって選ぶか？　基準はなんだろう？　投票理由はどれも大して変わらない。結局は利権がものを言うのだ。

　アンペロキポイの近くまで来たところで、柄のない木の小槌のイメージが思考の流れを遮った。信号をずっと無視していたので法律違反に問われるぞと警告されているのだ。おれに仕事を依頼したギルドは判事なのだろうかとも思ったが、そうではなさそうだ。たとえアテネの街が燃え尽きたとしても連中には何もできないだろう。せいぜいこの大火は違憲だったと宣告して、焼け跡から建物がまた生えてくるのを待ち受けるだけだろう。

　おれは依頼主のことを考えた。非政府組織か。テレビ局が大手出版社の手に落ちたようには買収されることはない。そんなことを言えば笑われる。重要なのは、おれが知るかぎり、拡張現実上の広告を支配すれば大金が動くということだ。どこにも属していないアテネの地区を巡ってだれもが訴え合っているのはそのためだ。政治家がその件を熱いジャガイモのようにして有権者に任せたので、ギルドに総取りするチャンスが回ってきたのだ。ただどちらに賭ければいいのかがわかっておらず、それをおれに教えてもらえると考えている。

　脈打つ心臓が視界のすみに現れた。心臓全体ではなく、犬にかじられでもしたように一部が欠けている。病院に近づいたしるしだ。腸ではなくてよかった。いくつもの数字が目の前をスクロールする。コレステロール、血糖値、白血球、血小板、そのほかもろもろの数値

——何のことやらさっぱりわからない。近くの通行人の頭上に浮かぶ小さな注射器には疫学統計が表示され、背景には病理医、皮膚科医、内分泌科医、精神科医のトレーラー広告が流れている。大量の精神科医だ。合理的に考えると医師には投票で勝ち目はないが、有権者たちが合理的に判断したら、おれは失業者に落ちぶれてしまう。

夜になってから家に戻り、ツィプロをグラスに注いだ。口の中に広がる苺のような後味を堪能してから、ねじ回し屋のフォーラムにログインした。みな政治家や投票について悪態をついている。誰も認めないが、みなおれと同じ理由でどこかのギルドに雇われているはずだ。みんなの罵り言葉は創意に満ちているが、主張内容はそうではない。行きつくところは同じだ、おれたち以外はみんなクソ野郎。ギルドは街をナビゲーターでいっぱいにしたがっているから、政治家は手に入るものを握って放さないから、市民はどの狼に食われるのがいいかを選ぶ羊のように投票しているから。考えてみれば連中はまだ何も達成していない。まだスタートラインにいる。おれと同じだ。

「もし社会が穏やかなせせらぎだとしたら、社会工学者はその行く先を操ることができるだろう。しかし、社会は大きく気まぐれな川であり、社会工学者ができることは何が現れるかも知らずに圧力弁をひねることだけだ」

おれはアレクサンドロスをおちょくろうと思って前回と同じ喫茶店で彼と再会した。なぜこんなに時間がかかるのか、この仕事は彼が思っているようにはいかないということを説明しようとした。多パラメーター問題と独立変数についてまくしたてた。彼はサハラ砂漠のことを初めて聞いたエスキモーのような顔をしておれを見た。

「あんたの正体を知りたいな」おれは彼に言った。

「それは無理だ。保安上の理由でね。きみが報酬の出どころを知ることはない」アレクサンドロスは言った。

教会、軍、医師、教師、船主、組合、それにもう五つか六つの候補がいる。拡張現実のライセンスを持っている連中と、手に入れたくてたまらない連中だ。そしておれが雇い主を知ることはない。

「じゃあ前金が欲しい」おれは言う。

「証明がないとだめだ」

「十パーセント」

「いいだろう。だが、成果物ができあがらなければ返してもらうが」

少なくともこの会合の成果はあったわけだ。

「もちろんだ。進展があり次第知らせる」おれは彼に言う。

彼は十パーセントの前金を持っていってくださいといわんばかりに嘘くさい笑みを浮かべたが、すぐ顔をしかめて右のほうに振り向いた。

「黙れ、この七面鳥野郎」彼は言った。

「ふくろうだよ」おれは返事した。

「ふくろう(グラウクス)」おれのナビゲーターが訂正した。

「同じだろう」アレクサンドロスが答えた。「ここに来てからこいつに古代ギリシャ語を聞かされておかしくなりそうだ」

「アクロポリスの下にいるんだ。こいつが何を話すと思ってたんだ？　スワヒリ語か？」

「ボットのことを『空飛ぶ黒い石(ペトメノ・メラノ・リツ)』と呼んでるんだ」

　おれは頭上のボットを見上げた。ナビゲーターの言っていることは間違いとは言えなかった。アレクサンドロスは立ち上がり、肩を絶えずゆすりながらさっさと立ち去った。この場所が気に食わないようだ。北のほうの郊外地区に住んでいて、繁華街の焼けつく日差しがいやなのだろう。おれは彼を見送った。ふくろうは美術館の展示品の解説映像を投影する機会を逃さず、パルテノン神殿の柱の上のレリーフについておれに講釈を垂れている。はじめてそいつに片方の目がないことに気づいた。目があるべき場所には黒い穴がある。冥界への暗い窓だ。

「そなたはペルセポネを見たか？(オラース・ティン・ペルセフォネン)」パルテノンの東の破風が地平線を飛び越えたとき、ナビゲーターがおれに尋ねた。

「おれには全部同じに見える」おれはそう答えてカリマルマロ・スタジアムの前を流れる川のほうを見た。

　川は黒いねっとりした液体で満たされている。遠くに朽ちたボートが現れた。黒装束の漕ぎ手の姿を見ると鳥肌が立った。おれはコインを探して思わずポケットをまさぐったが、幸か不幸かポケットは空っぽだった。

「問題は積み重なる——社会工学の第三法則」

再びアテネの街を歩いている。おれは国立工科大から駆け足で逃げ出した。「涼しい風だな」と大声で言う間違いを犯してからというものの、方位磁石がおれを追い回して気流の微分方程式について説明しはじめたのだ。国防省の近くに来ると、迷彩服を着たレンジャー隊員にここは安全な軍事拠点だと言われた。視界には脱出経路や、歩哨の配置場所や集合地点の情報が現れた。トルコ軍の侵攻や、ジハーディストの攻撃や、少なくとも血も涙もないテロリストの襲撃がいつ起きてもおかしくないと思っているらしい。ビターオレンジの皮を食用にする方法や尿を蒸留して水を得る方法についての疑わしい情報が目の前を流れていく。数多くいる失業者の仲間入りをしたらこの情報もじき必要になるかもしれない。

ナビゲーターがおれのひげについて辛辣なコメントをするのを聞きながら地下鉄の駅へと降りた。幸い列車が動き出すとその声は小さくなって消えた。ひどく鬱陶しい声で、そのうちひげそりモーニングレポートを要求しそうだったのだ。エスニキ・アミナ、カテチャキ、パノルモウ、アンベロキピ、メガロ・ムージキス、エバンゲリスモス、シンタグマ。異なるギルドの縄張りに入るたびにナビゲーターは姿を変えた。ストームトルーパー、アインシュタイン、サッカー選手のドマゾス、小槌、バイオリン、心臓、娼婦。やれやれ。きっとどこかの海賊拡張現実プログラムがネットワークに侵入したのだろう。スポンサーの助けを借りたので芸術家たちにもなんとか買えた溶けた時計と切断された人体像で埋めつくされた地区と同じくらい不気味だ。ワイルドなセックスを売り込もうと住所を教えてくる半裸の女の姿をぼんやりと数秒間見ていたが、やがてそれはぼやけ、いくつかのナビゲーターの混合物になり、それも薄れて現実に場所を譲った。すべてのデータは消え去り、車内にいるのはおれと他の客だけになった。前にもあったことだったからショックは受けなかった。おれの拡張現実回路は故障しているのだ。競合する強力な信号を受信するとショートする。電車を降り、広場へと上がった。おれはそこでしばらくじっとしていた。チップが再起動したが、それはどうでもよかった。おれは顧客に提供する答えを見つけたのだ。突拍子もないアイデアだったが、もしうまくいけばみんなびっくりするはずだ。おれはどのみち拡張現実は好きではない。おれのチップが故障しているからかもしれないし、ありのままの世界を年に一度か二度は見るからなのかもしれないし、あるいはアレクサンドロスがおれを馬鹿にしたからなのかもしれない。どうすれば三百万人を説得して特定の行動を取らせることができるだろう？　それは不可能だ。しかし一人ならば説得できる。そして一人で足りるときがある。

「社会工学者がねじ回し屋と呼ばれるのは三つの前提に基づいている。社会にはねじがあり、ねじ回し屋はその場所を知っており、それをどちらに回せばいいか知っている」

隣に座っている男があんぐりと口を開け、候補者一覧をじっくり眺めて選ぶ投票者の姿をカメラ越しに見た。彼がその光景を見るのは二十回目だったが、いまだに飽きないようだった。

「新しき時代の幕開けだ」彼は言った。

「おれたちみんなにとってのな」おれは答えた。

「きみは若い。拡張現実の黄金時代を知らないだろう」

「あんたにとってのかい」と言ったがおれの言うことなど耳に入らないようだ。自分の所属するギルドに知らず知らずのうちに投票してくれる有権者たちの姿を見て有頂天になっている。

「あの頃はどんなことでもいくらでも送信できた。きみが育ったのは独立管理局と放送権と縄張りの時代だが」

何を言えばいいのだろうか？　おれも黄金時代は経験しており、おれがインプラントを埋め込まれたのはその期間の産科でのことであり、おれが生まれた地区で三つの異なる放送局がたまたま競合して出力を最大にした結果おれの視覚チップは壊れたのであり、いま手足を切断されたデータ不足のナビゲーターの姿をおれは見ているのだ。そう言えばいいのか。口をつぐんでいたほうがいいだろう、おれが彼の問題を解決するアイデアをどうやって思いついたのか知られてしまうから。

「出力強度を上げるだけでいいのか」

「十一まで上げろ。あんたたちの拡張現実が優勢になって、あんたたちのナビゲーターだけしか人々の目に入らなくなれば、投票結果はそっちのものだ」

実のところおれは何も言う必要がなかった。すでに三十番目の有権者が投票スクリーンに向かうところで、そのうち二十八人がおれの依頼主の望みどおりに投票していた。

「やってくれると思っていた」彼は言った。

何の根拠もなかったはずだ。おれは百万に一回の大当たりで、少なくとも彼はそう考えているはずだ。

「へえ？　どうしてだ？」

「きみは社会工学者だ。きみの仕事は社会を思いのままに操ることだ」

あまりにもひどい勘違いなのでおれは彼のことを憐れみそうになった。もうすこしで。

「まあそんなところだ、早く前金をよこしてくれ」おれは言った。

おれの依頼主がもっと慎重なタイプだったら、もうすこし言葉を選んでいたはずだ。これは小規模のシミュレーションだ、試験管内と生体内では話が違う、本投票を待つべきだ。もっと慎重なタイプだったら。

「持っていけ」彼は大喜びで言った。

「管理局についてはどうするんだ？　ブーストした信号をブロックされるかもしれない」

「心配するな。我々には我々のやり方がある」

おれが行く前に、自信を装った様子で彼がささやいてきた。「実のところを言うと、最初は社会工学者のことを問題を解決するクソ野郎だと思ってたんだ」

「いいさ。ねじ回し屋が知ってるのはそのうち半分だけが事実だってことさ」

彼は笑い声をあげ、おれに向かって手を差し出した。おれはそれを見て、笑みを浮かべ、立ち去った。

夜おれはねじ回し屋のフォーラムに再びログインした。大騒ぎになっているが、どうやらまだ何もわかっておらず手さぐりの段階らしい。彼らの頭にはおれにインスピレーションを与えた故障したチップは入っていないのだ。もしおれが一言口をすべらせれば、みなその手品に飛びつくだろう。ただ一言。


「特筆すべきは、社会工学の法則のうちよく知られていないものこそが基本をなしているということだ」

投票日、おれはアクロポリスまで歩いていってパルテノンにのぼった。チケット売り場は取り払われていた。今日はすべてが無料なのだ。みなが喜びのうちに投票できるように。おれは丘の縁に立った。アテネの街が足元に広がっている。すこし早かったが、ショーが始まるのはもうすぐで、一大スペクタクルを見逃したくはなかった。隻眼(せきがん)のふくろうも同じく街を見つめていた。空飛ぶ黒い石の音が聞こえておれは振り返った。〝アレクサンドロスでいいよ〟がいる。

「ここにいると思わなかったな」彼は言った。

「おれもさ」

「スペクタクルを見に来た」

「忘れられないものになるよ」おれは言う。だが、彼はまだ何もわかっていない。彼は笑みを浮かべ満足した様子で歩き去った。

街はとても美しかった。アクロポリスの拡張現実は瞬く間に姿を変え、今は古代アテネを投影していた。小川、草地、小さな神殿、そして混みあった広場（アゴラ）という夢のような景色。アテネがこうなっても不思議はないと信じてしまいそうになる。農耕と牧畜で暮らす数千の人々の都市。しかしその風景はすこしずつ変わってゆく。ふくろうが変身しはじめた。羽は生えたままだが白く輝きはじめたのだ。天使がふくろうに取って代わった。古代の神殿の姿は薄れ、こぢんまりした礼拝堂に取って代わられ聖歌が聞こえはじめた。教会が信号の強度を上げはじめたのだ。すぐに他のギルドも後を追った。フォーラムの他のねじ回し屋たちから情報を受けたに違いない。礼拝堂は城砦（じょうさい）になり、それからサッカー場に変わった。視界のすみでアレクサンドロスが手ぶりを交えながら絶えず誰か見えない相手に話しかけているのが見えた。おれは笑みを浮かべた。始まったのだ。見たところはうまくいっている。

数分のうちにすべてがぼやけて巨大な混沌（こんとん）、ごちゃ混ぜになった拡張現実へと姿を変えた。すばらしいシュールレアリスム絵画のようだ。暗視ゴーグルをかぶったマラドーナが古代ギリシャ語を完璧なアクセントで話している。隻眼のふくろうは片手に絵筆を握りながら裁判所命令を発している。外科医の格好をしたピカソが次から次へとゴールを決め群衆の歓声を浴びている。イエス・キリストは軍に入隊しようとするが上官がまず髪を切るように命令する。アンテナのオペレーターたちが信号の強度を上げ続け最大にしようとしているところが目に浮かぶ。アテネの住民たちは発狂してしまったに違いない。彼らはふくろうと戦う天使を見、古代アッティカ方言で軍の命令を聞いているに違いない。頭が爆発しそうだった。チップが壊れたときもきっとこう感じたのだろう。一瞬すべてが真っ暗になった。何も見えないし聞こえない。平和だ。

それから、本物のアテネが目の前に姿を現した。思っていたほど醜くはない。拡張現実の化けの皮が剝(は)がれてみるとみすぼらしく見えたが、より現実感がある。王様が豪華な衣装を剝ぎ取られて、彼も一人の人間にすぎないことが明らかになったようなものだ。すべてがうまくいっているのならば他の住民たちも同じ光景を見ているはずだ。アレクサンドロスは腰を下ろして頭を抱えていた。彼のチップもショートしたに違いない。拡張現実なしでこれからどうすればいい？　答えはある。しかしおれたちねじ回し屋はみな答えなどないことを知っている。あるのは問題だけだ。

その場を立ち去る前に、おれはカリマルマロ・スタジアムの前を流れる川を見やった。おれの顔には苦い笑みが浮かんだ。それは川ですらなかった。水は一滴もない。ごみと瓦礫(がれき)に埋め尽くされた大きな排水溝にすぎない。過去の大物市長の誰かが市民を感銘させるためだけに掘らせて、そのまま打ち捨てたのだ。アテネのど真ん中にある、おれたちに過去の栄光を思い出させる傷跡だ。この川はどうなるのだろう？　きっと住民たちは目を覚ますだろう。目くらましの拡張現実は取り去られてしまったのだから、この街中のちっぽけな渓谷の使い道を何かしら思いつくだろう。おれに言わせればどうせまためちゃくちゃにしてしまうのだろうけれども。ごみ捨て場にして廃品で埋め尽くしてしまうか、せいぜい、覆いをして下水の残渣を流し込むか。その予想が間違いであってほしいと思う。

　おれはくるりと背を向けて歩きはじめた。次は何をしようか。チップのローンは片づいたが、エンジニアとしてはこの先数年、引く手あまたとはいかないだろう。実のところ、仕事はきちんとすませたものの、残りの支払いを受け取れるかも怪しい。結局、問題はみんなが社会工学の法則をきちんと理解していないことに尽きるのだ。暗記するだけじゃ十分じゃない。実地に応用する必要がある。そうすれば物事はずっとうまくいく。しかし誰がおれの考えに取り合ってくれるだろう？　おれはしがない元ねじ回し屋、問題を解いてくれると思われている元クソ野郎なのだ。

　考えてみるとこれもいい選択肢かもしれない。元ねじ回し屋がこの大崩壊の問題を解決する。違う。解決はしない。真剣に向き合うのだ。ＰＴＳＤになる人間が何千人も現れるに違いない。悪い転職先ではない。エンジニアになるためあれだけ取った心理学の授業を無駄にしてしまうのは惜しい。患者にソファに横になるように言い、あの汚い溝をちゃんとした川だと想像してもらうのだ。あれだけ多くの拡張現実があってそのどれ一つとして、流れる澄んだ水で溝を満たしそこに幸せな子供たちの乗る小さなボートを浮かべようとはしなかった。それがおれが患者に伝えることだ。たった一つ価値のある拡張現実は想像力だ。それは問題を解決しないが、問題と共に生きられるようにしてくれる。人間が社会工学の基本法則を理解するそのときまで。問題を解決する方法は一つしかない。問題を作り出さないことだ。

人間都市アテネ

イオナ・ブラゾプル ― 佐田千織 訳

ディミトラ・ニコライドウ、ヴァヤ・プセフタキ 英訳

The Human(c)ity of Athens by Ioanna Bourazopoulou

Translators from Greek: Dimitra Nikolaidou, Vaya Pseftaki

マデボ駅長は、政府高官しか住めそうにない漆喰（しっくい）装飾が施された新古典主義の建物を品定めしながら、その街区をぶらついた。もうすぐ朝の六時で、柔らかい早朝の光が夜の闇を追い散らしているところだ。約束の時刻にはまだ早かったが、この街には詳しくなかったので遅刻しなくてすむように早く着きたかったのだ。

彼はブレザーの袖をたくし上げ、オリーブグリーンの生地と自分の黒い手首とのコントラストをしげしげと眺めた。ルブンバシでは駅長の制服はコバルトブルーで、いまの制服は彼の肌の色には暗すぎたが、この暖かみのある色合いはとても目に心地よく、黒檀色の肌の滑らかさを際立たせていた。もしかしてこれは昇進なのだろうか？

これまで何度もそうしたように、マデボは腕時計のデジタルマップを確認した。明るく点滅している点が彼で、間違いなく正しい地点にいる。この通りの名前の発音を聞くために、マデボは音声のアイコンをクリックした。*Διονυσίου Αρεοπαγίτου*、とデジタル音声が教えてくれた。もう一度聞き直して子音のイントネーションをとらえようと、彼は読み上げ速度を遅くした。デジタル音声がふたたび通りの名前の音節を発した。マデボは腕時計を口元に近づけ、自分でも発音してみた。「ディオニシオウ・アヘオパギトウ」。スクリーンに赤いグラフが表示され、発音がおかしかった音節を示した。先週受けたギリシャ語の猛特訓にもかかわらず、彼の発音にはフランス語訛りが残っていた。アテネの公用語がスクリーンの余白に点滅している。英語、ドイツ語、ギリシャ語。どの言語で弁務官に挨拶するべきだろうと考えていたとき、軽く肩を叩かれるのを感じた。

「グッドモーニング！　グーテンモルゲン！　カリメーラ、マデボ駅長！」女性の声がした。

驚いた彼は振り向き、ケピ帽を脱いで英語で挨拶を返した。アクシオテア弁務官は写真で見たのとほとんど変わらなかったので、今日は制服を着ていなかったが、すぐにそうだとわかった。小柄でびっくりするほど機敏な女性で、白髪を洒落たボブヘアにカットし、妖精のようなアジア系の顔立ちとキラキラ光る黒い目をしている。青いトレーニングウェアの上下にトレーニングシューズという格好のせいで、首から上は六十歳のティーンエイジャーのようだ。きっと早くからジョギングをしていたのだろう。頬は上気し、足を止める気配はなかった。彼女が緩い駆け足でマデボのまわりをまわるので、彼のほうも視線を外さないためにその場でまわらなくてはならなかった。

「『ディオニシオウ・アレオパギトウ』ですよ、マデボ駅長」明らかに彼の発音練習を聞いていたらしく、弁務官は訂正した。「あなたの『r』が音楽的すぎるのか、それとも腕時計の言語ソフトをアップグレードする必要があるのかもしれませんね」

「いっそう精進するとお約束します」マデボは「r」に気をつけて答えた。

「よくできました、駅長！」彼の発音がすぐによくなったことに、弁務官は驚きを隠せなかった。「あなたはとても覚えが早い。じきにアテネ人と同じくらい流暢に英語、ドイツ語、ギリシャ語を話すようになるでしょう」

弁務官はマデボについてくるよう合図して、上り坂のジョギングを再開した。マデボ駅長は一瞬ためらったが、すぐにケピ帽を小脇に抱えて彼女を追って走りだした。そして追いつくと、同じペースで一緒に走れるように歩調を合わせようとした。マデボの靴底は彼女のもののように柔らかくなかったので舗装道路に足音が響きわたり、彼は気まずい思いをした。

「ギリシャ語で話を続けることにしましょう」息切れを見事に抑えたままで、弁務官がいった。「デリーとヨハネスブルグで働いてきたのだから、英語とドイツ語はきっと充分でしょう」

「そのとおりです、少なくともわたしはそう思います」彼は認めた。

「フランス語訛りだけれどね」弁務官は笑みを浮かべた。「ヨーロッパにきたのは今回が初めてですか？」

「はい、昨日の夜中に到着しました。街に出るのは今日が初めてです」

「そしていまから四十分もたたないうちに、あなたは街の最善の利益を支えなくてはなりません」彼女は走るのをやめ、息を切らして舗装道路の脇に立った。金色の太陽光線がアクロポリスの柱のあいだからのぞき、ヘロディス・アッティコス音楽堂の石段に光を投げかけた。道の両脇に露天商たちが姿を現しはじめ、イモムシのように列をつくった。小さな屋台を出して商品を並べている。マデボの印象では、みんなまったく同じものを売っているようだ。

「一週間の訓練では、あなたの新しい地位に就くための準備には不充分だということは承知していますǃ弁務官はいった。「自分自身がアテネ人になってわずか数時間だというのに、あなたはホストとして新しいアテネ人を迎えなくてはならないでしょう。あいにく時間というのは、わたしたちが発展のために犠牲にした贅沢品です。あなたは駅長の務めを心得ているし、わたしたちが歓迎セレモニーを重視していることもよくわかっているから、なにを期待されているかはきっと理解しているはずですね」

「もちろんです」マデボは黒檀色の顔の美しさを際立たせる、まばゆいばかりに白い完璧な歯を見せて、笑みを浮かべた。「新しい市民たちにとって第一印象がどれほど重要かは、よく承知しています。わたしは五年間、ルブンバシの新しい市民を歓迎してきました」

「こういってはなんですが、ルブンバシの『駅』はアテネの『駅』とはずいぶん違いますよ」弁務官が彼を遮った。「ルブンバシは鉱山の中心都市です。その力は地下に眠っていて、市民たちは見えないところに隠された宝を愛することを――ただ愛するのではなく、崇拝することを――学ばねばなりません。そうすることが、彼らが大地の腹からその宝を見つけて取り出し、地表に運び出すことに情熱を注ぐようになる、唯一の道なのです。ですから彼らを出迎えるときには、身振りや声の調子、頭の傾け具合、あるいは手の動きでさえ、ありとあらゆることが採掘に対するとめどない欲望を反映し、呼び覚ますものでなくてはなりません。最初からあなたは彼らの関心を地下に向けさせ、景色の自然な美しさに気を取られるかわりに、地下トンネルの謎や薄闇の迷宮の涼しさ、埋もれた金属の輝きを探し求めるように仕向けなくてはなりません。まさにさっきあなたがいったとおり、第一印象はきわめて重要です。特に準備期間がどんどん限られてくると、市民たちは配置転換されたことを受け入れる機会がないまま、新しい都市に到着することになります。要するにあなたには、わたしたちが彼らに与えられなかった時間を埋め合わせるために、その技術を発揮してもらいたいのです」

「完璧に理解しました」マデボは請けあった。そして自分自身に適応能力不足の兆候がいっさい出ないことを、あるいはせめてそれが目立たないことを願った。

アクシオテアはすっかり満足した様子で彼を見た。マデボは、彼がこの地位に向いていると考えた人たちの選択の正しさを証明していた。長身で、背筋がぴんとのび、黒檀色の肌をして、染みひとつない制服に身を包み、ぴかぴかのウイングチップを履いた彼は、いやでも人目についた。彼女は好奇と賞賛の眼差しを彼に投げている露天商たちに、目をやった。

「あなたは立派な体格と洗練された声、それに素晴らしい語学の才能の持ち主で、そのうえ制服がよく似合っている。それらはすべて、出迎えの駅長にとって重要な資質です」弁務官は屋台が建ち並ぶなかを歩きながら、同時に商品の点検も行っていた。「一日の最初の超特急は、六時半ちょうどに到着します。あなたが歓迎しようとしている人々は、数日、あるいは数時間前に配置転換命令を受け取ったばかりです。なかにはヨーロッパは初めてのもの、バルカン半島は初めてのもの、地図上でアテネを見つけることさえできず、この街の労働力として登録されるとは考えたこともなかったものもいます。彼らはこの配置転換が罰なのか褒美なのか、降格なのか昇進なのかわからず、心の準備ができずに戸惑っています。列車のドアが開いて彼らが初めて目にするのはホーム、彼らが初めて認識する権威ある人物はあなた、彼らが初めて聞く声はあなたの声でしょう。そこからの三分間、あなたは彼らの絶対的な注目の的となり、その三分間で彼らの新しい街と新しい任務の本質を、明確に説得力を持って伝えなくてはなりません。研究によれば、彼らは到着の瞬間をけっして忘れないことがわかっています。あなたの言葉は永遠に彼らの心に刻みつけられるでしょう。あなたのうなずき、動き、顔の表情すべてがです」

露天商たちはふたりに近づこうとも、注意を引こうともせずに、黙って見守っていた。トレーニングウェアを着たアジア系の顔立ちの弁務官は、よそからきた人間ではなかった。連れの黒い肌の男も街の新しい労働力には属しておらず、従って自分たちの商品を売ろうとしてもむだだというのが、彼らの結論だった。露天商たちが狙っているのは、六時半ちょうどに到着する一番列車の乗客だった。

「そういうわけだから、さあ駅長さん、アテネについてわたしに話してちょうだい。あなたがこの街について正確な解釈をしていて、それを伝えることができると、わたしを納得させて」アクシオテアは腕時計のタイマーをセットし、秒読みがはじまった。

マデボは咳払い（せきばらい）をして、語りはじめた。「アテネ市民のみなさん、ヘルメス神の街にようこそ。この街はみなさんの勤勉と献身によって――」

「いいえ、そうではなくて」弁務官が遮った。「わたしが聞きたいのは駅長の歓迎スピーチではありません。それはきっと、鏡の前で何度も繰り返し練習してきたはずですね。わたしが語ってほしいのは、あなた自身のアテネに対する認識です。いまあなたがその歴史地区を歩いている都市についての」

歴史地区？　このあたりは、彼がここにくるまでに通らなくてはならなかった高層ビルやショッピングセンターが建ち並ぶ他の地区とはあまりに違い、時代錯誤の冗談のようだった。美しい邸宅、大理石の柱、古代の記念碑に覆われた丘、古代のアゴラの遺跡で埋め尽くされた発掘現場のトレンチ。彼がこの街をどう見ているか？　マデボには自分なりのとらえ方をしている暇はなかったし、そんなことをしてもまったくのむだだと証明されることはわかっていたので、そのつもりもなかった。彼が気にしていたのは、適応の手順を早め、心のなかからルブンバシを消し去ることだけだった。午後の甘い温もりや、ヤシの木のある家、キッチンの窓から彼に手を振っているエマと、その腕のなかでうつらうつらしながら小さな手を動かしているセバスチャンの姿を。

マデボは東のほうを向いて、自分が正しい地点を指していることを願いながら、こういった。「あちらの、街の向こうに見えるプニュクスの丘は、かつてアテネ人が民主的な集会、つまり……そう……政治団体の会合のために集まっていた場所です。民主主義の概念はあの丘で生まれ……」

「民主主義の幻想」アクシオテアが訂正した。「あなたの個人的見解を述べるときには、正確を期することが重要ですよ。さもないと当惑のつもりでいったことが、称賛と受け止められるかもしれませんからね。歴史は国際開発計画が認めた観点から再検討されているところです。古代ギリシャは見るものを意図的に惑わせる時代にすぎませんでした。都市という概念があまりに重くのしかかったため、押しつぶされた市民たちは自分自身のためではなく都市のために戦い、なんとかそれに相応しい存在であろうとし、まるで出身地によって取るに足りない人生の釣り合いを取ることさえできるとでもいわんばかりに、地元の出身であることを鼻にかけ、その土地に先祖の墓がないものは誰彼なく見下したのです。都市の独裁政治、あの丘ではじまり数千年にわたって続いた犯罪は、すべての戦争を合わせたよりも多くの個性や命を消滅させながら、理想としてごまかされてきました。人間が都市の束縛から解き放たれたのは、わたしたち自身の節度ある時代、人本主義経済の時代になってからのことです」

　きっと昇進よ、といいながら、エマは配置転換命令書を読まずに彼に返し、またセバスチャンに食事を与えはじめた。マデボには彼女のような確信はなかった。彼は同じ地位、同じ階級のまま、まったく同じ仕事をすることになるだろう。それはそうだけど、別の都市で別の制服を着れば、それは昇進でしょう。彼女はきっぱりと言い切った。ふたりは食べ物をおもちゃにしているセバスチャンを見ながら無言で立ちつくし、その一方で離ればなれになることを受け入れよう、自分たちのごく当たり前の日常を断ち切り、おたがいの言葉や視線、夜に感じる体の温もりを失うことにはそれだけの価値があるのだと、自分に言い聞かせようとしていた。エマはセバスチャンを腕に抱いて、いつ発つのかと尋ねた。一週間後だ。
「わたしたちは人間の運命と都市の運命を分離したのです」弁務官は強調した。「これが人本主義経済の成果でした。国際開発計画は、きわめて単純な了解の上に成り立っていました。都市とはなにか？　地理的位置や鉱物資源、形態、気候のような不変の特性によって定義される、安定した発展にかかわる慣習である。人とはなにか？　技術や能力、実績のような変わりやすい特性によって定義される、動的な発展にかかわる慣習である。この発展の両極が共存する理由は、おたがいに利益をもたらさないかぎりありません。相容れない特性を持つようになる市民は、それらの特性が有益な形であらわれ、効率的に利用される都市に配置転換されます。わたしたちは、各都市の可能性と各市民の技術の釣り合いを注意深く取っています。それが文明を生み出す唯一の道なのですから！」

ふたりめの子どもがいさえすれば。そういいかけた彼の唇に、エマは指をあてて黙らせた——彼女は息子を寝かしつけようとしているところだった。三人の子持ちのヴァルデスは、奥さんと一緒に配置転換されたんだ、とマデボは彼女にささやいた。彼は金融アナリストだし話が別でしょう、とエマは指摘した。だったら子どもなんかいないほうがいいじゃないか。マデボはそう苦々しく考えた。セバスチャンがいなければ、きみは徹夜をしなくてすむし、集中して体をしっかり休め、もっといい仕事をして、昇進もできるだろうに。わたしがアテネに送られることはけっしてない。彼の心を読んだエマがいった。わたしは化学者だし、鉱山で必要とされてる。ぼくにもきみが必要だよ、エマ。

「適切な仕事の機会や課題を与えてくれない都市での生活は、生産性において破滅的な結果をもたらすことはいうまでもなく、ノイローゼや鬱病、自殺傾向につながります」弁務官は非難がましく首を振りながらいった。「そのうえ、それは集団性が最も醜い形を取る原因になります。単純なことですよ。不均一な集団は不安定で自滅的です。なぜなら、結局その構成員は、自分たちの違いを必死に取り除こうとするうちに、おたがいを食い物にすることになるのですから。やがて集団性は悲劇に変わり、市民たちは不自然なグループ分けからわが身を守るために孤立に頼るようになる。現代の『人間都市』が安全と平和を保証している理由は、それらが同質の労働力を受け入れていることにあります。錆びついた伝統も、時間によってひびが入った人間関係も、先祖代々の義務や責任も、土地や血とは切っても切れない非道な迷信もない。都市は常に新しい状態に保たれ、その市民も同様です」

わたしたちは永遠の移住者なの、とエマはささやいた。ルブンバシでの暮らしが永遠に続くなんて、考えられるわけがないでしょう？　マデボは彼女を強く抱きしめると、枕に頭を乗せた。息子の部屋の青みがかった光が半分閉じた寝室のドアから射しこんで、エマの青白い肌を月のように輝かせていた。彼女はウィニペグから五年後、アーヘンから三年後に、レイキャヴィクからやってきた。彼のほうはデリーから六年後、イバダンから四年後に、ヨハネスブルグからやってきた。ふたりは同じ客車で何時間も旅をしてきて、ルブンバシの歓迎駅でスーツケースを取り違えそうになったときにようやく、自己紹介をしあったのだった。彼らは新しい都市に同時に、同じ歩調で、同じものを見ながら降り立った。ルブンバシが彼にとって地球上で唯一、よそ者のような気がしない場所だったのは、そのせいかもしれない。夜にマデボを包みこんだエマの体が、彼の唯一の故郷だったからだ。

「現代の市民は複雑な個性を持っているのですよ、マデボ駅長。そして自らの欲望と優先順位を常に制御できるとは限らない」アクシオテアは説明した。「しばしば妄執や衝動、未熟な感情に押し流されて、どうしようもなく惨めな状況に自ら飛びこんでいるとは気づかず、結果的に己の成長を妨げ、社会的遅滞を追求している。国際開発計画の仕組みは、正しく介入して市民を導き、訓練し、配置転換を行い、絶えず評価して、その創造性を減退させないようにします。わたしたちの自然な目標は自己実現であり、自己実現は効率的な仕事を通してのみ達成されます。都市も同様で、その自然な目標は発展、途切れず妨げられることのない発展であり、わたしたちは労働力を絶えず更新することによって都市の繁栄を維持するのです」

準備の日々は地獄だった。もうふたりに会うことはないのだ、エマとセバスチャンは自分のいない人生を送っていくのだと思うと、マデボは絶望的な気分になった。例外的な共同勤務の申請をすることも考えたが、誰に申し出ればいいのかわからなかった。ルブンバシはキンシャサに、キンシャサはオンタリオに、オンタリオは東京に、東京はニューヨークに、ニューヨークはパリに、パリはサンパウロに回答するという、拠点が鎖状に連なった状況では、どこが起点でどこが終点かを見つけることは不可能だった。列車や飛行機や船が毎日、新しい市民を世界の人間都市に移動させており、新しい管理官や判事、弁務官たちは誰も、例外やスケジュールの変更、特例を好まなかった。同僚に話してみようとしたが、あるものは昇進して、またあるものは降格されてやってきた新顔ばかりで、それは隣人たちも同様だったし、親類縁者の足跡も配置転換を繰り返すうちに失われていた。マデボは人であふれかえった地球、偶然や機会がないかぎりけっして交わることのない個々の運命に満ちた惑星の上で、ひとりぼっちの気分だった。

　時がたてば慣れるでしょう。エマは彼の頬を優しくなでていった。みんな結局は慣れるんだから、と。マデボはその言葉が当たっていることを恐れた。なぜなら地球のこちらの半球から昇る太陽を目にしたとき、身を切られる思いの別れからたった三日しかたっていないというのに、ヤシの木のある家を出たのはもう何カ月も前だったような気がしたからだ。キンシャサ行きの列車ではむせび泣き、むっつりとカイロ行きの飛行機に乗りこむと、ピレウス行きのフェリーでは疲れ果てて眠りつづけた。港に到着してティシオ行きの列車をつかまえた頃には、落ち着いていた。そのとき初めて、翌日には自分がこのルートでやってくる乗客を歓迎する立場になるのだと気づき、窓ガラスに映った自分の顔だけでなく同じ車両に乗り合わせた旅客の顔も、専門家らしい興味を持って観察した。ティシオ駅で列車を降りると、苦悩が入り交じった期待と、これは避けられないことなのだという馴染み深く抗いがたい感覚をおぼえながら、駅長の歓迎の言葉に耳を傾けた。彼はバルコニー上の前任者の堂々たる姿に感心し、自分はあんなにうまくやれるだろうか、オリーブグリーンの制服は似合うだろうかと考えた。

「人本主義経済は、人間をその本来の姿に、都市をその真の運命に近づけました」彼らはアポストロウ・パヴロウ通りを進んでいるところで、歩行者専用道路が途切れたすぐ近くにティシオ駅のアーチが見えていた。「アテネは自身が持つ発展のための真の能力を受け入れるまで、哲学者とブドウ栽培者の街という幻想のもとで、何世紀ものあいだひっそりと過ごしてきました。単純なことですよ。アテネの土壌は豊かでも、耕作向きでもありません。大地は岩だらけで乾燥しており、動植物相は貧弱で、生産性のほぼすべての分野で劣っています。その唯一の切り札は、世界地図上でまさに三つの大陸が出会う十字路に位置しているこ と、親しみやすい気質を育み有益な対話を促す、アッティカの光と穏やかな気候です。要するに、アテネは商売をするには理想的な環境なのです！　商業の首都ですから、市民はすぐに海に目を向け、航路を探索し、言語や数字の理論を発展させ、同盟の設立に向かいました。その守護者は女神アテナではなく、ヘルメス神です」アクシオテアはヘルメスの小像を取り上げ、彼に見せた。「その鼓動は、さっきプニュクスであなたが見せてくれた場所ではなく、いままさにわたしたちが立っている古代アゴラで脈打っています。アテネ人の才能は、過去に誤って主張されていたように思索や戦略的思考ではなく、ひじょうに優れた表現手法と交渉術にあります。こうした基準にもとづいて、いまわたしたちは国際開発計画が都市にかわって選んだ役割を果たす助けとなるように、その労働力を更新しています。あなたが歓迎しようとしている新しいアテネ人たちは、この展望を実現しなくてはなりません。彼らの仲間入りの儀式はあなたの歓迎の言葉ではじまり、まわりに見える熟練したヘルメス神の弁務官たちが提供する商業体験に引き継がれるでしょう」アクシオテアは露天商たちを指さした。「わたしたちは第一印象がいかに重要であるかを認識していますし、だからこそ彼らにどのような形で初めてこの街に足を踏み入れさせるかを慎重に計画してきました。ゼウス神殿の列柱のそばにある交通機関までいくために、彼らはアポストロウ・パヴロウとディオニシオウ・アレオパギトウの歩行者専用道路を渡らなくてはなりません。その十五分間の道のりは、彼らにとってけっして忘れられないものになるでしょう。あなたのまわりに見える専門家たちは、伝えなくてはならない感情をとてもよく心得ていますから。ゼウス神殿の列柱に到着するとき、彼らは人間都市アテネの魂と文化は商いの技だということを、骨の髄まで感じていることでしょう。さて、彼らに教育的な経験をはじめさせることはできますか？」

「最善を尽くします」マデボはいった。

「きっとそうでしょう。あとはあなたの幸運を祈るだけですね」アクシオテアはそういって、彼と握手した。「あなたの担当者から送られてくる評価報告を読むのを、楽しみにしていますよ」彼女はトレーニングウェアのフードをかぶり、軽いジョギングをはじめた。

マデボはケピ帽をしっかりかぶると、まるで生まれてからずっと上り下りしてきたかのように、歓迎駅の大理石の階段をすばやく下った。そして地下の通路を横切り、関係者入口に着いた――幸いすべての出迎え駅は、まったく同じ構造になっていた。彼は袖をまくってむき出しにした手首でドアのスクリーンにタッチし、デジタル検査機に身元を確認させた。青い光線が埋めこまれたコードを読み取ると、柔らかいブーンという音を立ててドアが開いた。その入口をくぐった瞬間、ルブンバシは永遠に彼の記憶から消されていた。

警備員たちは驚きを巧みに隠し、恭しく彼を出迎えた。ほとんどのものは今回の人事異動について知らされていなかったが、配置転換はほんとうに頻繁に行われていたため、まだマデボが挨拶を返しもしないうちから、彼らはもう新しい管理官の姿と折り合いをつけていた。

　マデボは電源と換気の指標を確認し、ホームのバルコニーに続く門の鍵を開けると――彼は左利きだったから、取っ手を反対側につけてもらうことになるだろう――背筋をのばし、支配者然として、彫像のように堂々とバルコニーの中央に立った。時刻は六時二十九分。マデボは金属製の引き出しを開けるとブローチに似た無線マイクを取り、制服の襟に留めた。彼が自分の名前を発音すると、その声は隅々にまで響きわたった。音響効果は完璧だった。警備員たちがホームに沿って配置についているのを確認し、管制係に出口を確保するよう合図した瞬間、新しいアテネ人たちを乗せたR1列車が音もなく駅に到着した。

　ドアが開き、乗客たちが車輪の付いたスーツケースを引っ張って車両から出てきた。もはやマデボは、驚きや不安を浮かべた顔のなかに自分自身を見ることはなかった。ホームのどこからでも見える大理石のバルコニーに立ち、全能感に浸りながら、彼はすべての目が自分に注がれるのを待った。

「アテネ市民のみなさん、ヘルメス神の街にようこそ」

　マデボの深みのある声は堂々と自信に満ちて響きわたり、彼らの悩める魂の内に未来への信頼をよみがえらせた。彼はギリシャ語、英語、ドイツ語と、三つの言語すべてでひとつひとつのフレーズをゆっくりと繰り返した。マデボは、もし彼らが一貫して献身的に商業的発展に取り組み、供給者から購入者へ、生産者から消費者へ、ひとつの大陸から別の大陸へと、生産とサービスの両方の流れを促進するなら、どれほど彼ら自身のためにも人本主義経済のためにもなるかを説明した。いまから彼らは整然とデジタル検査機のところにいき、そこで身元の確認をすませたら、職員から新しい職業カードと新しい部屋の鍵を受け取るだろう。真の目的地に到着した彼らは、いまや己の運命の主人であり、すべての夢を叶えることができるのだ。もしこのことをけっして忘れさえしなければ……

「……ポス・モノ・イ・ドウレイア・エレフセロニ！　仕事はあなたを自由にしてくれる！アルバイト・マハト・フライ！」

バグダッド・スクエア

ミカリス・マノリオス——白川 眞 訳

ディミトラ・ニコライドウ、ヴァヤ・プセフタキ 英訳

Baghdad Square by Michalis Manolios

Translators from Greek: Dimitra Nikolaidou, Vaya Pseftaki

「こんな巨大なアーチなんてペディオン・アレオス公園にあったっけ?」

私がその矛盾に気づいたのは、ドラゴミルと付きあってすでに三年が経ったときだった。ただ、もちろんそのときは矛盾とは知るはずもなかったけど。アテネ・タワーの二十一階で着替える私の眼下には、アレクサンドラ街が広がっていて、赤と白の光の河がキフィシアス通りからパティシオン通りまで伸びている。私はゆっくりとドラゴミルのシャツに袖を通す。ドラゴミルとのデートが好きだったのは、こうした気楽な現実感を二人で持てるからだった。——それと、最高のセックスもあったけど。ドラゴミル自身もすごく注意深い性格で、愛しあうことの現実感には隅々まで気を配るタイプだった。ホテルの一室と化した眺めのいいオフィスを除けばすべてがあるがままで、現実世界と同じ展開が待っているはずだった。行き帰りは歩きだし、服を脱いだり、着たりしなければならない。私は感じすぎたりすることはないし、彼が精力絶倫ということもない。二人の身体もごく普通で、すごく美しいってわけじゃないし、見劣りする部分だって目につく。つまり、私は自分の実際の身体をアバターにコピーしていたし、彼も同じようにコピーしているのだろうと思っていた。

「なるほど、君が最近のニュースにまったく興味がないのは知ってるけど、まさかこれも知らなかったとはね」

ドラゴミルは横になったままで、両手を頭の後ろで組み、口元には満足気（まんぞくげ）な笑みを浮かべていた。私が服を着るのを見るのが好きだと言っていた。私には何がいいのかわからないけれど。だって、私はいつもダボッとした作業着とか迷彩服を着ていたし。でも、服を脱ぐ仕草はもっと不恰好（かっこう）だったので、私はその言葉を思いがけない誉（ほ）め言葉だと受けとった。

私は肩をすくめてドラゴミルのほうを向いた。

「ドラゴ、生身（リアル）で会ってみるっていうのはどう？」

彼の顔から笑みが消える。

「心配しないで、このぜんぶを変えちゃいたいってわけじゃないの」私は周りを指さしながら言う。「外でベタベタしようって思ってるわけでもないし。ここでの時間が楽しいから、会えたらいいなって。二人でコーヒーを飲む、それだけ」

そのときになってドラゴは気がついた。「ぼくのシャツを着ているんだね」ドラゴに笑顔が戻る。

私はボタンを留める自分の手を見た。薄明かりのなかで間違えたかのように。「続けて」彼がそう言い、現実世界で彼と会うことになるんだとわかった。

まあ、会うことはなかったのだけど。で、私はすごく悲しむことになった。でもそれは彼に会えなかったからじゃなかった。ドラゴミルとの相性は意外なほどよかった。二児の父である彼が求めていたのは、安全な快楽だけ。彼は自分の家族を愛していたし、奥さんについていいことしか言わなかった。私はそのことが好きで、ちょっとうらやましくさえあった。私も結婚していて子どももひとりいたけど、私の人生の選択は彼ほど上手くいってはいなかった。二人とも部屋から出ないけど、手持ち無沙汰なときにはあれこれ話をする生活。たまには家で料理とお酒をオーダーすることもあって、それが夫婦にとって週に一度のごちそうだった。

もちろん、バーチャルは役に立つ。バーチャル世界にいるときはうたた寝をしているようなもので、身体に害はない。今やシステムは超高速で走っていて、時間は八倍にまで早まっている。すべては意識内で完結していて、ケーブルも外部装置も必要なく、あらゆるものは体内に埋めこまれたコンピュータを通して行われる。妊娠の可能性や健康上のリスクはなく、一瞬たりとも家から出ることなく完全に安全でいられる。そして、それと同じくらい重要なのは、身体はバーチャルの「快」とリアルの「快」を区別できないということ。

だから、ドラゴが待ち合わせの場所にフィリス通りを指定したとき妙な気がした。彼はいい喫茶店があるんだと言っていたけど、フィリス通りには風俗街のイメージしかなかった。とはいえ、私がその通りをぶらついたのはかなり前のことだったし、たしかに最近のニュースにはうとかったので、街の中心部の性質が大きく変わったのを見逃していたとしても不思議はなかった。この前のデートで見つけたペディオン・アレオスの異様に大きなアーチのことを知らなかったように。とはいえあのアーチは現実では見当たらず、私は驚いたのだけれど。ほかの男とのデートだったら、気づきもしなかったはず。それどころか、バーチャル空間が現実を忠実にコピーしていることさえ期待できないのだ。でも、ドラゴミルはアテネの観光パッケージをレンタルしていたので、そうした矛盾が起きるはずはない。頭をかきむしり、ドラゴに訊いてやろうと心に決めた。そして素敵な喫茶店があるというフィリス通りに向かいつづけた。

なにが喫茶店だ。風俗店が並んでいるだけ。店先には、赤や、黄色の光。まったく点灯していない店も。地下にあったり、くすんだ扉の二段下にあったり。軽蔑の色もあり、ドアからドアへと渡り歩く若い男の顔に浮かんでいる。時刻は金曜日の夜九時ちょうど。ギリシャ人、ブルガリア人、ルーマニア人、ロシア人、ジョージア人、パキスタン人、シリア人、イラク人——。見当たらないのはネイティブ・アメリカンくらい。ほとんどの人は二十歳から三十歳のあいだで、四十に近い人も多少はいるが、もっと年上の人は少ない。ふざけんなよ、ドラゴ。こんな欲情した人たちが入り乱れた集まりのなか街角に一人で立っているなんて、女性が一番したくないことでしょ。

彼は喫茶店で待ち合わせはせず、フィリス通りとフェロン通りの角で落ちあおうと言ったのだ。そこから一緒に歩いて、君の気に入ったところに入ろうって。勝手に言ってろっての。私はうつむいた。ドラゴが私をがっかりさせたのはこれがはじめてだった。周りの男たちの視線が不快だった。下品というほどの目線じゃないし、誰も何も言わなかったけど、この場所に働く力が男たちの頭のなかをむき出しにしていた。君って買えるの？　私の服装からそんな気配は滴っておらず、カーキ色のパンツにあごの下までジッパーをあげたジャケットという恰好だったけど、男たちの眼の奥に燃えるホルモンの炎は止まらなかった。

　お互いの安全のため、私はドラゴミルとは電話番号を交換していなかった。私はドラゴと知り合ったサイトにログインして、彼宛てに怒りのメッセージを残した。待ちくたびれたから、早く来てここから連れてけって。もう五分だけくれてやり、そのあいだ視線を回して体内コンピュータのカメラがあらゆるものを捉えられるようにした。けど、結局立ち去ることになった。この代償は高くつくことになるわ。


　でも、そうはならなかった。

「今夜はだめ。わかってるよね」私は腕組みをしながらそう言った。

「どこにいたの？　僕は三十分以上待ってたんだ」

「ドラゴ、約束したよね。お互い嘘はなしって。私は五時から九時までフィリス通りとフェロン通りの角にいたの。わざわざ来てくれたのなら、風俗店に出入りするすけべ男たちの群れから私を見つけるのは簡単だったはずよ」

　彼は驚いてのけぞった。「わざわざ行ったのに」とムッとして言う。「でも、フィリス通りに風俗店はないよ。それに、嘘はなしって約束したのは、君のほうもだろ」

「フィリス通りに風俗店はない、ね」と私はそれを信じてしまわないように繰り返す。

「いいかい」ドラゴはそう言って、仲直りの意味で両手を挙げた。「明らかに、これは信頼の問題だ。僕は今からでも君をフィリス通りの喫茶店に連れていける。ほら、僕らは忠実で動的な――」

「忠実で動的なアテネのコピーのなかにいる、でしょ」私は振り返り、窓からの美しい景色を眺めた。時刻は午後、仮想の太陽はまだ沈んでおらず、怪しげな美しさを放つミステリアスなアーチは相変わらずペディオン・アレス公園があるはずのところにあった。

「わかった。行きましょう。見せてもらおうじゃない」


彼はなにも見せなくてよかった。この怪物じみた弧は高さ四十メートルもある。しかも、一つぽつんとあるわけではなく、およそ三百メートル先にはほとんど同じものがもう一つある。もちろんバスに乗っていたときも視界に入っていたのだけれど、コンスタンティノス一世の像があるはずの場所まで行くと、像の代わりに、地面から二本の手が生えていて、バス二台分ほどの長さのある鋼鉄の剣を交差させていた。

ドラゴミルがツアーガイドのような口調で説明する。「こちらは〈勝利の手〉。剣の長さは四十三メートルです。手はサッダーム・フセインの手をコピーして作られていて、片方の親指にはサッダームの指紋も模造されています」

私はあんぐり開けた口を閉じた。もしドラゴミルがバーチャルの真実味に気を配るタイプだと知らなかったら、バーチャル世界の「もつれ」だと思ってこのサーカスの見世物じみた光景を撥ねつけていただろう。けれど、ドラゴミルは、定期的にアップデートされる、信頼できるツアーパッケージをレンタルしていたのだ。なぜパッケージの内容を知っているかというと、私もその半分の金額を払っているからで――とにかく、私たちが使っているのは安物なんかじゃない。私はニセモノ、つまり見せかけだけのデートスポットが好きじゃなかったし、ドラゴミルはというと観光客用のパッケージは知り合いと遭遇する可能性が最も低い場所だと信じていた。

そのとき、私は人がたくさんいることに気づいた。剣をずっと見あげていたせいで気がつかなかったのだ。視線を目の高さまで戻すと、バーチャルな境界があり、その両サイドには人がいた。

「いったいどうなってるの」私は茫然(ぼうぜん)として訊く。

今度はドラゴミルが困惑する番だった。彼は疑いの目で私を見て、それから説明しはじめた。でも、その説明の声には不信感がにじんでいた。

「どうなっているのかわからないとしたら、君はアテネをずいぶん長いこと離れていたってことだろうね。だとしたら、お互いに誠実でいようと決めたときの約束から外れている」彼はそこでいったん言葉を切ったが、私の混乱した顔を見て続けることにしたようだった。

「バグダッドはできるだけ近くでアテネを知るようになる」

人々が、二つの都市を隔てる見えない線の前で話したり、身ぶりでなにかを伝えようとしたりしている。

「私はあなたに嘘をついたことはないわ。どうやってバグダッドはここに運ばれてきたの?」

ドラゴミルは腕組みをした。私が知らない振りをしていて、二人ともわかりきっているこ

とを言わなければいけないとまだ思っているようだった。ドラゴはむすっとして、

「運ばれてきたわけじゃない。ただの映像（プロジェクション）だ。この境界を通りぬけると、後ろにコンスタンティノス一世の像とペディオン・アレオス公園が見えるようになる。境界の前に立っているかぎり、目と耳に入るのはバグダッドの〝大祝祭広場〟のようすで、その両端には〈勝利の手〉がそびえている」

バーチャルの境界に近づくと、アテネが終わり、バグダッドがはじまる箇所がはっきりとわかった。けれども、目の前にいる人たちが生身の身体じゃないことを飲みこむのは難しかった。ヒゲを生やした男たち、ヒジャブを被った女たち、そしてぼろ着を身につけた子どもたちが、二つの弧が跨（また）いでいる車通りのない大きな道を背景にして歩いている。なかには遠方から手を振っている人たちもいたが、ほとんどの人は境界のところに立って、ギリシャ人とは英語で、イラク移民とはアラビア語で話していた。

私は振り返ってドラゴミルを見る。少女のような眼差（まなざ）しだったのだろう。だって、ドラゴの不審そうな顔が少し和らいだから。人々はほほえんでいて、おのおの交流を楽しんでいるようだった。二度と見（まみ）えることがないであろう異邦人と異邦人、男と女とが出会う。挨拶（あいさつ）をし、善意の言葉を交わしたり、意見交換をしたりする。私が立っているところからは聞こえなかったが、人々はほかでは味わえない経験をしているように見えた。多くの人は少しのあいだ立ちどまり、そして去ってゆく。そうでない人たちは——そのほとんどはイラクからの人たちなのだが、親族や友人たちと約束があるようだった。

「タダで会えるチャンスなんだ。旅行費もバーチャル世界のパッケージ代もかからない」とドラゴミル。「スカイプの百倍はライブ感があるだろうね。おいで」そう付け加えて、私の肘をとった。

二人で境界の人があまりいない場所まで行く。

「じゃあ、通りぬけ――」とドラゴミルが言いかけたが、そのとき一人のイラク人女性が私に向けて手を振った。彼女は紫のヒジャブを被っていて、隣には十歳くらいの男の子を連れている。子どもと一緒に私たちのほうに向かってくる。たぶん、二人も境界を通りぬけられるのだろう。通りぬけようかという瞬間、その女性はにっこりほほえみ、こちらの目をのぞきこみながら、手を挙げて私に挨拶をした。

「サラーム」

バグダッドの女性が私に挨拶をしてくれたのだ。今までの経験のなかで最も素敵な瞬間の一つだった。私は手を挙げたまま、私が挨拶を返したのを彼女が見たのかもわからず、呆け（ほう）た顔をしていた。

「じゃあ、通りぬけるよ」ドラゴミルが言ったときには、彼の身体の半分はすでに境界の向こう側に消えていた。ついさっきペディオン・アレオスへの入り口で、紫のヒジャブを被った母親に挨拶されていなかったら、その光景に驚いていたことだろう。バグダッド・スクエアにいる、と私は思った。バグダッド・スクエアにいるのだ。

その目の眩（くら）むような瞬間、私が境界を通りぬけると、アラビア語の音が一瞬にして消えた。

「普通、公園とか広場がこういう結節点として好まれるんだ。境界を設けるのに十分なスペースがあって、交流しやすいから」

コンスタンティノスの像が見えて、私は振り返った。境界は、ほとんど垂直で、透明な色のない泡のようだった。そこには何も映し出されておらず、その背後で人々は虚空に向かって話しかけたり、ジェスチャーをしたりしているかのようだった。

「でも、どうしてバグダッドなの？」と聞いてみる。

「さあ」とドラゴは肩をすくめて「普通、カップリングは何らかの繫がりがある都市と行われるんだ。よくあるのはバルカン半島とか、トルコ、ヨーロッパの都市。たまには地中海、アジア圏、ほかの大陸の都市。いつだったかイラクに軍隊を送ったことがあるから、それでなのかもしれないけど、でも僕はアルゴリズムに詳しいわけじゃないから」

子どもたちは像の下で遊んでいる。背後に広がるペディオン・アレオス公園は、いつもどおりの姿に見えた。私はドラゴミルの手を取り、再び境界の前まで歩みよった。

「本当に知らなかったんだね」とドラゴ。

「ドラゴに嘘ついたことなんかないよ。えっと、まあ初めて二人で過ごしたときは、イッた振りはしたけど。でも、これは本当に知らなかったの」

ドラゴは声を上げて笑った。「オーライ。各都市とのカップリングは一、二週間は続くんだ。人同士の交流はさておき、貿易や新規事業にももってこいだ。物質を交換することはできないけれど、職業人たちがお互い境界で会うのは珍しくない。そうした方がよっぽど打ち解けやすいんだってさ。それと、もし一周したら、裏のムストキシディス通りまで届きそうになっているのがわかる。この辺りではしょっちゅう文化イベントが開催されてて、多くの場合は両方の都市から支援を受けている。だからカップリングのスケジュールはかなり早い段階から組まれているんだ」

「ライブや踊りを見てみたいな、なにかライ――」

そこまで言いかけたとき、白黒の木造小屋が目にとまった。最初に来たときは気がつかなかったのだ。あの剣と人々に気をとられていて。

「ああ、そういえば」とドラゴミル。「誰もが異民族との交流を嬉しく思っているわけじゃない」

黒いTシャツ、ギリシャ雷文の模様、そしてギリシャ国旗。そこにはパンフレットを配る人々がいた。私は一冊受け取った。ギリシャ国民の争う余地のない純血、カップリングによる違法移民の増加、ギリシャ人の職の喪失、移民が持ち込んでくる疫病。

「今日のところは騒いでないけどね」ドラゴミルがそう言って示した先には、少し離れたところに立ってインスタントコーヒーを飲んでいる警察官がいた。

「週に一回だけは拡声器の使用が認められているんだ。時には、フードやヘルメットを被った連中が襲って来ることもあって、みんなが緊迫した雰囲気になる。愉快なことではないね。まあ、境界の向こう側でポップコーンとコーラを手に見物しているぶんには愉快なのかもしれないけど」

私はパンフレットをゴミ箱に投げ捨てた。「ドラゴ、何が起きてるのか突きとめなくちゃ」と私。

「君はきっとSEFのことも知らないだろ」

「平和友好スタジアム（ギリシャのピレウスにあるスタジアムの名前。ギリシャ語の頭文字をとってSEFと呼ばれている）のこと？　それがどうかしたの」

「あそこでもう一つのカップリングが行われていることが多いんだ。たしか、今はベルリンとカップリングしているはず。ほとんどの場合、片方のカップリング先は僕らより生活水準が低い都市になって、もう片方は生活水準の高い都市になるんだ。このおかげで、自分たちがどこまで来たのかを思い出して、新しい目標を設定することができる」

私はそこでドラゴのほうを向いた。

「ねえ、私たち二人とも嘘をついていないとしたら――」

「まだ僕が嘘をついていないことを証明してない」とドラゴが遮る。「行こう。フィリス通りで風俗店巡りだ」

風俗店なんかなかった。赤や黄色のライトも見当たらず、軽蔑の色もない。ギリシャ人、ブルガリア人、ルーマニア人、ロシア人、ジョージア人、パキスタン人、シリア人、そしてイラク人がいたけれど、みな欲情してはおらず、落ち着いた雰囲気の人々が入り乱れている。公園のことがあったあとなので、予想していなかったわけじゃないけど、やはりその光景は心に響いた。フィリス通りとその周辺一帯は高級住宅街として整備されていて、アテネの歴史的地区の中心部とよく似た場所になっていた。店先からうかがえる精緻な美意識と、明白にわかるこの地域に投資された資金、多くの面でティシオやモナスティラキ（いずれもアテネの歴史的地区）に引けを取っていない。驚きで眉毛をどんどん吊り上げながらしばらく歩いていると、喫茶店にたどり着いた。座り心地の良さそうなソファと、香りのいいチョコレート飲料のカップ。「見て」と私。「本当に必要になるとは思ってなかったけど、風俗店だらけのフィリス通りをビデオに撮ったの、時間どおりに私がいたんだってわかるように」

私はその映像を二人の目の前に投影する。彼を見ると、その顔がだんだんと渋くなる。

「これはどう見ても再開発される前のフィリス通りだ。数日前に君が録画したとはとうてい思えない。驚かないでくれ、実は僕も同じようにビデオを撮ったんだ」

このようなことは初めてじゃない。私たちがうまくいっている一つの理由は、二人が物事に対して似たような反応をすることだ。私たちの思考はとてもよく似た道筋をたどるし、ときには一致することすらある。ドラゴミルのビデオには、今私の周りに見えているのと同じフィリス通りが映っていた。エレガントなお店と、のんびりと散策したりコーヒーを飲みながらおしゃべりをしたりする人々。私が立っていたフィリス通りとフェロン通りの角は立体視の絵のようだった。観光用のパッケージで見ていたのとあまりに似ていたので、彼はここでビデオを撮ったんじゃないかという考えが頭をかすめた。けど、そのとき、隣の喫茶店の看板に気がついた。

「見て、隣の店の看板が違ってる」と私。

「うん」彼は映像から目線を外す。「ここはまだ更新されていないんだ。こんな小さな変化だと反映には数日はかかるんじゃないかな」

　これでドラゴミルのビデオが本物でない可能性は消えた。でも、私のだって本物だ。私がソファにもたれると、ドラゴはビデオのウィンドウを閉じた。

「ドラゴ、もし私たち二人とも嘘をついていないとしたら――」私は最後まで言えなかった。こんなのってありえない。

「僕らは違う時間を生きていることになるな」とドラゴ。

　でも違う。簡単に確認できたように、その日まで私たちの時間軸はよく似ていた。それから、いくつかのよく知られた出来事や再開発工事を調べてみた。二つの時間軸に違いはあっても、一見するとそれほど重要な違いじゃない。でも、最終的に別の世界へ移行するには決定的な違いだった。あらゆる大都市が不寛容と日々戦いながら別の都市を受け入れ、歓迎する世界に――。

　簡単にそうなったのだろうか？　まさか、とドラゴミルが説明してくれた。カップリングは参加したすべての都市で軋轢(あつれき)を生み、軋轢は様々なところに波及した。カップリングがどこで行われるのか、いつまで続くのかに関連し、自分たちが受け広げていくであろう歓迎の気持ちに関連した――そこには過去、軍事、金融、文化にまつわる様々な軋轢が絡みつく。しかし同時に、カップリングによって都市は強制的に「他者」と常に接続された状態になる。

ミステリアスで、昨日までは遠くにあり、もしかしたら敵意をもってさえいるかもしれない他者と。接続によってその見知らぬ他者に顔がつく。子どものいる女性になる。その女性は悩みをかかえていたり、なにか職についていたりする。あるいはストレスをかかえた男かもしれない。その男はなにかの用事で急いでいる。はたまた、遊びや教育や人との触れあいを必要としている子どもたち。もちろん、境界のどちら側にもカップリングにいい顔をしない人たちはいる。血が混じりあうこと以上に、思想が混ざりあうことを恐れる人たちも。そうした人たちは、非難し、警告し、脅迫した。けれども、そうした人々にはまず勝ち目がない。触れられたくない過去が絡む複雑ではないケースにおいても。そうした人たちは結節点の前に立つ人たちを見て恐れおののき、重要な論点を無視した。ほとんどのブルガリア人はテルマイコス湾を征服したいと思ってなんかいないし、スコピエの素朴な市民はテッサロニキのホワイトタワーを欲しがってなんかいない。アルバニア人は大アルバニアの夢を見ないし、トルコ人はエーゲ海の島々やトラキアを手にする計画を立ててない。ほとんどのギリシャ人が北エピルスやコンスタンティノープルに侵入するために生きていないように。

「うーん、でも、一番しっくりくる説明ではないかな」ドラゴミルが言う。「そういう欲望をもっている人もいるし、そういう人たちは自分が正しいと思っている。でも、そういう人たちは決してマジョリティではないし、欲望を現実のものにしようとして家族を捨ててまで武器を取るようなことはほとんどない。少なくとも実際に的を絞ったプロパガンダがない限りはね。とはいえ、境界を目の前にしている人にプロパガンダを押しつけるのは普通より難しくなる。歴史にまつわるくだらないことや、経済的、社会的に支払うコストに気づいたからじゃない。自分の赤ん坊から一メートルしか離れていないところの乳母車に乗った他人の赤ん坊を見ると、ある時点、ある特定の期間おじいちゃんのそのまたおじいちゃんたちのものだったひとかけらの土地のために、その赤ん坊の父親を殺す気にはならなくなるからだ。自分の祖先が、他人のおじいちゃんのおじいちゃんを追い出したことを思い出させてくれるから」ドラゴは首を横にかたむけてほほえんだ。「カップリングは助けになる。争いや戦争をなくしてくれるわけではまったくないけど、日々の衝突を少なく、穏やかに、短いものにはしてくれる。みんなが持っている共感の総量を増やしてくれるんだ。君も試してみるといい……〝あっち側〟で」と彼は締めくくった。

その最後の言葉で、私は不吉な現実に気がついた。ゆっくりと、私は立ち上がり、ソファに座る彼にまたがる。怖かった。彼に寄り添ってキスをして、強く抱きしめた。私たちは異なる時間に住んでいるんじゃない。異なるアテネに住んでいるんだ。

けれど、二つのアテネが存在する可能性なんてあるのだろうか。ほんの少しの違いしか見当たらないほど似ているのだ。違っているのは都市とのカップリングと、特定の地域が再開発されているかどうかくらい。バーチャル世界が隅々まで完璧に再現してくれているんだから、本物を区別することなんてできるの？　思考があとからあとから押し寄せてくる。

「ぼくらのうち、どっちかは存在してない」とドラゴミルが私の胸で囁く。

夜、私は彼のシャツだけを着て、二人でカーペットの上に座って赤ワインを飲んでいた。アテネ・タワー二十一階のガラス張りの窓から、私たちはアレクサンドラ街からバグダッド・スクエアまで伸びるゆっくりとした絶え間ない流れを見ていた。公式にも非公式にもバグダッド・スクエアなんて名前はついていなかったけど、私は頭のなかでそう呼んでいた。

「それならまだまし」と私はつぶやく。

リサーチしてニック・ボストロムのシミュレーション仮説に行きつくまでは数時間とかからなかった。ボストロムが言うように、技術的に成熟した文明は莫大な計算能力を有しているはずだ。もしそうした文明の人々のうち、ほんの一握りの人が先祖をシミュレーションすれば、先祖の生活を高い忠実度で再現できる。シミュレーションで再現された祖先の人々は、自分の暮らしが現実じゃないなんて見抜けない。そして、そのシミュレーションされた先祖の総和は、本物の先祖たちの総和よりもはるかに大きい集合になる。

「つまり、今から言う三つの仮説のうち、少なくとも一つはほぼ正しいってわけ」私はそう言って、指を一本立てる。「高い忠実度で祖先を再現できたり、実行したりする文明が生じる可能性はゼロに近い」

「うーん、それはどうなんだろう。僕らもこうしてここでワインを飲んでいるわけだし」ドラゴミルは考えこむようにしてそう言った。

「まさしくね」そう言って私は二本目の指を立てる。「そうしたシミュレーションを実行しようとする文明が生じる可能性はゼロに近い」

ドラゴミルはゆっくりと首を振る。「歴史学者、心理学者、社会学者。みんなバーチャル・リアリティ分野での新しい展開を心待ちにしている」

私は苦々しく同意してうなずき、三本目の指を立て、深く息を吸った。

「私たちが日ごろ経験するものが、シミュレーションのなかに再現されたものである可能性は百パーセントに近い」

ドラゴミルはしばらく押し黙っていた。

「僕ら二人とも存在していない」つっかえながらそう言う。「二人ともバーチャルだってことだ」

「うん」と私。「もしそれだけの計算能力をもつたくさんの人たちが祖先のシミュレーションを実行したとしたら、シミュレーションのなかで暮らすバーチャルな人間は膨大な数になる。とすると、私たちが現実世界に生きている可能性は、ほとんどゼロになる」

「でも、僕には現実感がある。間違いなく君も感じているように――」

「シッ」私は彼の膝に触れながら、「私がどう感じてるのか教えてあげる」立ち上がってベッドまで戻り、着ていた彼のシャツを脱いだ。

現実とはなにか。もし人間らしさを感じるのなら、存在するかどうかは大事なのだろうか。

私はコンスタンティノス一世の像の前に立ち、おばあさんたちや散策している人たちを見ていた。慣れ親しんだペディオン・アレオス公園で、バグダッド・スクエアのない、それが何であれ私自身の世界で。

私たちの世界が一時的に交流できるようになったのは、何らかの不整合があったからに違いない。両方の世界がバーチャルであろうと、あるいはどちらかが現実であったとしても、二つの世界はアテネとバグダッドのように結合していたのだ。もしかしたら、私たち自身がその状況に気がついたことで、カップリングが崩壊したのかもしれない。もしかしたら警灯があちらで灯ったのかもしれないし、意図的なものじゃなかったのかもしれない。いずれにせよ、私は二度とドラゴミルに会うことはなかったし、私が彼と出会うきっかけになったサイトも一夜にして消えてしまった。

最後に着替えをする私を見て、ドラゴミルは言った。ボストロムのシミュレーション仮説について、何度も調べてみたけど何も見つからなかった。ある現実にこの仮説が存在するだけで、その現実が本物である可能性が高くなる。だから、きみは心配しなくていい。誰もきみのことをスイッチを切って消したりなんかしない、と。

でもわからない。

誰かがドラゴミルのいるアテネのスイッチを切ってしまったのだろうか。思いつめすぎなければ、何年か先には消えてしまう考えだったらいいのにと思う。

私がここへ来るのは、アテネ・タワーの二十一階にホテルの部屋はないし、フィリス通りは風俗店であふれているから。立って、おばあさんたちや散策している人たちを見て、いったいいくつのアテネが存在するのだろうかと考える。あるアテネでは、ヴォタニコス・モスクの周囲で熾烈（しれつ）な戦いが繰り広げられているかもしれないし、別のアテネではドラペツォナの墓所（ネクロポリス）で人々が死に瀕しているかもしれない。また別のアテネでは、高潮がビーチを薙（な）ぎ払っているかもしれない。あるいは、街が拡張現実（AR）ゾーンごとに分かれ、それぞれのゾーンが異なる協会（ギルド）によって管理されているかもしれない。住民が市民とよそ者（アウトサイダー）に分けられていたり、もしかしたら、アテネの人々が人間都市アテネで移民として放浪しているのかもしれない。

　どうしてこんなことを考えてしまうのかわからない。これもまた別の不具合かもしれないし、何の根拠もなく夢想しているのかもしれない。だってただひとつ目にしたいと思うあのアテネは、もう見られないのだから。希望の境界があり、紫のヒジャブを被った女性が私にほほえみ、挨拶をしてくれた、あのバグダッド・スクエアのあるアテネは。

蜜蜂の問題

イアニス・パパドプルス&スタマティス・スタマトプルス ―― 中村 融 訳

ディミトラ・ニコライドウ、ヴァヤ・プセフタキ 英訳

The Bee Problem by Yiannis Papadopoulos & Stamatis Stamatopoulos

Translators from Greek: Dimitra Nikolaidou, Vaya Pseftaki

市場

「ねえ、おじさん！　おじさんが蜜蜂を直す人？」

　ニキタスは握っていた露店の桃を別の果物の隣に落とすと、声のしたほうに向いた。

「これ、なにと交換してくれる？」せいぜい十歳か十二歳くらいの小柄な少年が、ニキタスに白い歯を見せ、のばした両手に持った不透明なプラスチックの箱をかかげた。少年は上半身裸で、バックパックをかついでいるだけ。柔軟なプラスチックの紐が掌に巻かれていて、ダクトテープで雑に固定されていた。二、三歩うしろで、子供たちの一団が口を半開きにしてニキタスを見ていた。全員がモンキーに特有のグラヴ代わりの紐を掌に巻きつけている。

　ニキタスは右手をのばし、箱のふたを持ちあげた。なかには三十を超える壊れた蜜蜂ドローンがはいっているにちがいない。悪くない収穫だ。

「きみはだれだ？　新人か？　見たことのない顔だ」彼は少年にいった。

　少年は首をふり、ますます大きく白い歯をひらめかせて、

「新人だよ。ペトルのグループ。今日はテストに送りだされたんだ。もしうまくやれば、ま

た蜜蜂を集めさせてくれるって。だからさ、なにをくれるの？」

　ニキタスは少年の手から箱を受けとり、ついて来いと身ぶりで伝えた。もうじき日が暮れる。市場は人けがなくなりはじめていた。彼は商人のいなくなった屋台を見つけ、箱をその上に置くと、ドローンを数えはじめた。

「三十七だよ。二回も数えた」と少年。

　ニキタスは少年をにらみ、無言で数えつづけた。三十七。まばたきすると、視野がズームインするときのなじみ深いチリチリした感じが右の眼球の裏に生じた。ざっと調べてみたところ、集光器が摩滅しているものが数体、空中停止装置(ホヴァー)に機械的な損傷のあるものが数体。例によって例のごとくだ。彼は箱を閉じて、自分のバックパックに突っこむと、燕麦(えんばく)ビスケットを三枚とりだした。

「ドローン三十体。ビスケット三枚だ」彼は交換品を握った手をのばした。

「おい、ごまかすなよ！　三十じゃなくて――」

「気に入らないなら、よそへ行くんだな」

「でも、ドローンを買ってくれるのはあんただけだ」

「まさにそのとおり」

　子供たちはしばらくためらっていた。吐き捨てるようにブツブツいい合っているのは、おそらくありとあらゆる悪態を彼に浴びせているのだろう。しかし、ニキタスは気にもとめなかった。彼自身も、修理か再プログラミングのどちらかのために、ときおりドローンを持ちこんでくるモンキーたちも、蜜蜂ドローンの扱いや修理の仕方、プログラミングの方法を知っているのは、セント・ルーカス集合住宅区には彼ひとりだけだと承知しているのだ。

箱を持ってきた少年が手をのばし、ビスケットをとった。そして全員そろってカラヴィア通りを走っていった。パトモス農場のなかで、彼らはつぎつぎとロープをつかみ、オレンジ温室へ向かってすばやく登っていった。子供たちのひとりが登るのをやめ、片手だけでぶらさがると、反対の手を口もとへ持って行き、漏斗の形にして叫んだ——

「いまに蜜蜂がもどって来るから、もうあんたは用済みだよ、この老いぼれのしみったれ！」

ニキタスは嘲（あざけ）った。こちらをいらつかせるためなら、チビどもはなんだっていうだろう。蜜蜂だって、ばかいえ！　生きている蜜蜂の存在する場所は、彼の知るかぎり、アテネの中央地区にある新ベルギー自然史博物館だけだ。にもかかわらず、その考えは癪（しゃく）にさわった。集合住宅区での彼の仕事、彼自身の生存は、蜜蜂が数十年前に実質的に絶滅したという事実にかかっているのだ。

彼はカラヴィア市場をあとにして、サマラ通りに足を踏み入れた。手のスペア・パーツの掘り出しものが見つからないともかぎらないので、ナイジェリア人たちの屋台を見てまわる。ここ数日、手は故障ばかりしていて、壊れてしまうのではないかと心配だったのだ。アフリカ人の店に値打ちものは滅多にないが、見つかるときは、上物だった。スペア・パーツを着実に流通させられるのは、あのろくでなしのパキ（パキスタンからの移民）どもだけだ。彼は先へ進み、パンマカリストス教会のところで右へ折れ、自分のワークショップにたどり着いた。悪臭のする半地下室だが、とにかく湿ってはいない。もっといい場所をくり返し自治会に頼んできたが、いっこうに埒が明かない。世の中そういうものだ。彼は授粉に欠かせない蜜蜂ドローンで彼らの首根っこを押さえており、向こうは安全を提供することで彼の弱みを握っている。彼らのもとにいさせてもらっているから、中央地区にいる彼の元同僚たちのパトロールから離れていられるわけだ。なんと落ちぶれたことか。たとえ一介の技術者であったとしても、元警官がアナーキストやその不法移民の友人たちの保護下にあるとは。

「起動しろ、ニキタス。四、三、ラムダ」彼はいったが、半地下室の壁を覆うモニター群は暗いままだった。パスワードをくり返したが、ウンともスンともいわない。電気が来ていないのだろうか？　十中八九は、どこかのクソガキが、電線かソーラー・パネル全体をテラスから盗んだのだろう。で、犯人を捕まえたら、連中はどうする？　インフラ施設での強制労働だ。でも、ニキタスが捕まえる人間をまちがえたら、中央地区への最初の統制ゲートへ蹴り飛ばされるだろう。「ちくしょう、ついてない」彼はうめくような声でいった。と、踏みだす直前、リディアのワークステーションでゆっくりと点滅している待機中のインジケーターがちらっと目にはいった。とすると、電気は来ているわけだ。彼は自分のカウンターに近づき、ステーションの電力供給ユニットにかがみこんだ。なにかが焦げるにおいがかすかにした。

悪態をつく暇もなく、ドアがバタンとあいて、リディアがワークショップに駆けこんできた。汗まみれで顔が赤く、彼にぶつかる。
「どこにいた？　留守にするときは、おまえのシステムを走らせたままにするなって、なんべんいわせるんだ？　えっ？　あとなんべんいわないといけないんだ？」彼はリディアに怒鳴った。

少女はおびえてピタリと動きを止めた。ニキタスは腹部に小さな痛みを感じた。リディアはたったの十二歳で、不運にも、あるいは幸運にも、彼のただひとりの仲間だ。三年前、彼のもとへころがりこんできたのだ、壊れた蜜蜂ドローンを売ろうとしたときに。そのドローンはひどい状態で、持ちこもうとするモンキーはいなかっただろう。だが、リディアの狙いはまるっきり別のことだった。彼女は空飛ぶものを罠にかけることに興味はなかった。それを修理して、もういちど飛ぶようにする方法を習いたいと思っていた。彼女に自分の知るかぎりのことを教える気になったのが、彼女が天性のプログラマーだからなのか、それとも、たとえ子供にすぎなくても、だれかに、どうしてもそばにいてほしかったからなのか、いまのニキタスにはよくわからなかった。

内心深くのなにかに押されて、この少女は自分が求めていた償いの一部なのだ、と彼は認めた。五年前にライヴ・フィードで血を流しているところを見た幼い少年の身代わりなのだ、と。その考えにはっとすると同時にいらだった。罪悪感はいいものではない。そのせいで、このくそみたいなコミュニティに来るはめになったのだ。

「もう堪忍袋の緒が切れそうだ」彼はいった。「近ごろおまえは――」

返事をする代わりに、リディアは片手をあげて、隅を握っている小さな透明の袋を見せた。

「見てよ、あたしが見つけたものを！」

彼は少女から袋を受けとり、中身を掌にあけた。二匹の昆虫に呆然と見とれる。目にしたのは生まれてはじめてかもしれないが、その複眼、透明な翅、黄色と灰色の綿毛で覆われた体に疑問の余地はなかった。彼はまだやわらかい体を指で押し、とうとうリディアに死んだ蜜蜂を返した。

「アフガン人の畑で見つけたの。蜜蜂の巣箱の噂が流れてる。この新しい蜜蜂を授粉に使えるかもしれないって。そうしたら――」

ニキタスは片手をあげ、「わかった。お手柄だ」と大声でいった。手を頭へ持っていき、髪をなでつけるふりをして、くるっと体をまわし、リディアのシステムをひたと見据える。ポケットからたたんだ紙の小さな束をとりだし、二枚を抜いてリディアにあたえた。

「パキのところまでひとっ走りしてくれ。新品の7・5電源アダプターがいる。いますぐ必要なんだ。このクーポンなら三つは買える」

少女は口をあけてしゃべろうとした。

「行け！」ニキタスはいった。

養蜂家

ニキタスはうなだれて、両手をポケットに突っこみ、通りを歩きつづけた。なにからなにまでよろしくない。まったくよろしくない。コミュニティに生きている蜜蜂だって？　よろしくない、よろしくないどころじゃない。アナーキストや、ヒッピーや、マリファナ中毒者から成るここの連中と彼が共存していられるのは、ひとえにこの技能のおかげだ。しかし、黄色と灰色の死骸ふたつと、少女が教えてくれた噂を合わせれば、なにもかもが変わりかねない――まだ変わっていなければの話だが。

彼はデフカリオノスで左に折れた。左手の角のところで、古いスーパーマーケットらしきものが冷室に改装されていて、レモンの木、オレンジの木、ドワーフアップルの木が、発電クリスタルのうしろに見えていた。暑さから安全に守られているのだ。そのすぐ外、集合住宅のバルコニーのブロックに張られた日よけの下では、トマトや豆を植えられるよう、舗道のアスファルトがはがされていた。

道路を数メートル行ったところで、彼は新古典様式の建物にはいり、薄暗い回廊を渡った。反対側では、真昼のギラギラした光が、開いたドアから必死に這(は)いこもうとしていた。彼はまた屋外へ、太陽の熱気のもと、裏庭へ出て、大きな松の木の下に並べられた二、三のテーブルのひとつについた。

リディアを使いに出してシステムの電源アダプターをとりに行かせたあと、彼が真っ先にしたのは、仕事にとりかかることだった。慣れ親しんだ古い仕事。おかげで、まあ、セント・ルーカスの人気者にはなれない。SSR――調査・監視・記録(サーチ・サーヴェイランス・レコーディング)だ。徹夜になったが、曙光(しょこう)が射しそめるころには、生きている蜜蜂を探しだし、そのあと忌々(いまいま)しい昆虫が密集している地域を調べて記録するようにプログラムしたサーチ・ドローンの小さな群れが用意できていた。すこしの運に恵まれれば、すぐに巣箱だかなんだかが見つかるだろう。そして巣箱を世話しているだれかさんが。ふつうなら、あとは捜索の結果と最初の録画を待つだけでいい。遅かれ早かれ、必要な情報は手にはいるだろう。もっとも、時間がたっぷりあるわけではない。彼の知るかぎり、コミュニティにおける自分の立場はすでに危ういのだから。協力や、団結や、悪意のない矯正(きょうせい)についてのお説教や、連中が集会でいつも口にする、気どっていてわけのわからないたわごとを鵜呑(うの)みにはしない。これだけはたしかだ――機会がありしだい、おまわりは元いた場所へもどされるだろう。

　リディアがパキのところから手ぶらで帰ってくると、ニキタスは彼女をたくらみに引きこんだ。

「電源アダプタなんかほっとけ。聞きこみをして、蜜蜂に関する情報を持ってこい。そうしたら、その日のうちにおまえのファームに18コア・プロセッサを二個つけてやる。ついでに、おまえがほしがっていたホログラフも」少女は走り去った。おかしな子供だ。甘いものをやると、吐き出してしまう。コンピュータ・チップをやると、興奮して跳ねまわる。けっきょくのところ、その戦術は実を結んだ。ワークショップに二日二晩こもり、貴重な仮眠をとりながら、ドローンの送ってくる録画をフィルターにかけるルーチンを書いた。同時スキャンのせいで目がズキズキと痛んだ。これまでのところ、ドローンはセント・ルーカスのさまざまな農場にいる蜜蜂の映像をいろいろと送ってきたが、一匹に狙いを定め、巣箱まで追っていくことはかなわなかった。ニキタスは、のんきな農夫のあいだで、植物から植物へ飛びまわる忌々しい昆虫のヴィデオを見ているのに飽き飽きした。ニキタスはお払い箱だとメンバーが判断する前に、コミュニティを抜けるという考えが、萎(な)えた頭にちらつきはじめたころ、リディアがニュースをたずさえてもどってきた。

「新顔がいる。パレスチナ人だか、シリア人だか、そういう感じの。ほら、アラブ人よ。その男(ひと)が蜂を訓練してる」

ニキタスは見ていたヴィデオを一旦停止し、少女に向きなおった。

「訓練してるって？　どういう意味だ？」

リディアは肩をすくめると、ニキタスが昼寝に使っている、すり切れたカウチに倒れこんだ。コンバット・ブーツを脱ごうとしながら、ため息をつき、ほっとしたようすで顔をしかめる。

「さあね。あたしにわかるのはそれだけ。蜂を訓練してるのよ」

「何者なんだ？　名前は？　どこに住んでる？」

リディアはまた肩をすくめかけたが、その目が見開かれ、ニキタスの背後のモニターに焦点を合わせた。彼女は跳ね起きて、コンバット・ブーツを脱ぎかけのままよたよたと進み、手をのばすと、指さして叫んだ――

「彼女よ！　彼女が知ってる！」

ニキタスはふり返り、スクリーンに目をやった。三十歳くらいの女性が、芽キャベツの列のあいだでしゃがんでいた。脚の部分と袖を断ち切った軍用のツナギを着ていて、スカーフを首に巻いていた。痩せぎすで、髪は――すくなくとも、半分剃りあげた頭部に残っているものは――明るい緑と青の中間の蛍光色で、いうなれば、頭頂部に巻きつけられていた。黒いサングラスをかけている。陽射しと闘うためには欠かせない装身具だ。ニキタスのはじめて見る顔だった。

「何者だ？　知ってるのか？」

「名前はクリスティナ。超々高層イタリア人学校の畑をまかされている人たちのひとりよ」

そういうわけで、いまニキタスはオランダ人のコーヒーショップの裏庭にすわっている。ここへ来るのははじめてだ。そもそも、だれと来るというのだ？　そうであっても、ここは有名な待ち合わせ場所であり、クリスティナは毎日午後になるとここへやって来る、最近は見たところアラブ人らしい新参者といつもいっしょだとリディアがいうから、訪れるころあいだった。

彼女はいた。カットオフのツナギとカラフルな髪といういでたちで。ただし、その髪はいまは下ろされている。同じテーブルについている男性ふたりと興奮気味にしゃべっており、ときおり大きな笑い声をあげた。ニキタスは男の片方を知っていた。オランダ人。たとえコミュニティに住んでいるオランダ人が彼ひとりでなくても、だれもがそう呼んでいた。北西ヨーロッパで洪水が頻発しはじめたころよりずっと前からギリシャに住んでいるそうだ。再配置計画でやって来た者たちとは一線を画しているわけだ。それなら腑に落ちる。彼らの大半は集合住宅区を選ばないから。彼らはギリシャの最上の場所に再配置された。高価な車と、ロボット従僕と、高慢な視線とともに。すくなくとも、彼らは仕事を持ってきた。中東の戦争のあと、世紀のはじめにバルカン諸国に群がった数百万人のようには、ギリシャをしゃぶりはしなかった。

グループの三人目は、浅黒い肌色とアクセントから判断して、アラブ人にちがいない。三人に近づいて、話に加わる方法はあまりないので、ニキタスは台詞と口実をその場しのぎで考えはじめるいっぽう、ふたりと言葉を交わしているクリスティナを見ていた。なにをいえばいいのか、さっぱり思いつかない。こいつらにはなんの用もないのだ。自分が属しているのは、まるっきり異なる世界、ルールと秩序と品位に基づく世界のはずだ。自分自身と、自分がはまりこんだ状況にいまいちど愕然とした。みずから追われる身となり、ここで、この連中にまじって生きるはめになったとは。

大いにほっとしたことに、なにもしなくてもいいとわかった。

オランダ人が椅子から立ちあがり、ニキタスに近づいてきた。会釈して、こういう――

「ラガーの樽を新しくあけたばかりなんです。一杯どうです？　それとも、だれかをお待ちですか？」

ニキタスは返事をしかけたが、オランダ人が言葉をつづけた。

「お客さん、ニキタスでしょう？」

ニキタスはうなずいた。

「ドローンの人」

「そう。ドローンの人」ニキタスは作り笑いを浮かべながらいった。

オランダ人は仲間に向きなおり、大声でいった――

「クリスティナ！　こちら、だれだと思う！」それから、ニキタスに向きなおり、立ちあがって、ついてこいと身ぶりで伝える。数秒後、四人は同じテーブルを囲んでいた。

「ハイ、クリスティナよ」彼女はにっこりした。

ニキタスは気まずい思いをせずにはいられなかった。こちらの目をまっすぐ見つめる大きな目、だれもやあ、おまわりさんとはいわない。アラブ人は彼女と寝ているのだろうか、と彼は思った。

「アクラム、こちらはニキタス、さっき話していた人よ。こんな偶然ってある？」そしてすぐさまニキタスに向かって、「ある意味で、アクラムとあなたは仕事仲間なのよ」

アクラムが笑い声をあげ、片手をニキタスにさしだした。

「はじめまして」

ニキタスはためらった。ズボンで掌をぬぐい、自分も手をさしだす。アクラムと握手して、軽く会釈を返した。

すべて本当のことだった。

アクラムは数週間前にパレスチナからコミュニティにやって来た。生きている蜜蜂のはいった巣箱をふたつ持ってきていた。彼がどうやってそれを入手したのかは判然としなかったが、蜜蜂に関する彼の知識には一点の曇りもなかった。たとえ彼が養蜂家として認められたがらなくても。

「残念なことに」彼はいった。「蜜蜂とともに専門技術が失われました。わたしが知っていることは、個人的な興味と研究に由来するものです。しかし、試す価値はあります。いつの日か、蜜蜂が自然のサイクルの活発な一部にもどるかもしれません」

アクラムはじきに暇(いとま)を告げた。

「行くところがありまして。でも、きっとまたお話しすることになるでしょう。クリスティナから説明を聞いてください」

「わたしの分もアシルにキスしてね！」さようならと手をふりながら、クリスティナがいった。

すると、アクラムは彼女と寝ていないわけだ。もっとも、この連中はなにがあっても不思議はないが。

ニキタスには長居をする理由がなかった。知らなければならないことは知ってしまった。だが、わずかな後ろめたさをおぼえながらも、彼はクリスティナとの会話をある程度まで楽しんだ。おまけに、こちらから出向いてこなかったとしても、どうせ向こうが探しにきただろう。その理由は？　彼は内心で笑みを浮かべずにはいられなかった。

「わたしたちが思うに」とクリスティナがいった。「うちの集合住宅区で、蜜蜂や、その働きぶりを多少なりとも知っている人間は、あなたとアクラムのふたりだけよ」

こちらはそれほどまぬけだと思われているのだろうか？　もしアクラムがなんとか巣箱を維持しているのなら、そしてもっと悪いことに、作物の授粉に関して蜜蜂を生産的にしているのなら、コミュニティでのニキタスの仕事はどうなる？　もちろん、用済みだ。彼の蜜蜂ドローンはもう必要ない。

「ああ、たしかに、おれにできることがあれば」彼はちょっとためらってから、こうつけ加えた。「もっとも、あんたがいったように、おれには深い専門知識がない。どうしたらあんたを助けられるのか見当もつかん。でなければ、アクラムを」

「助けられるわ。とにかく、そうやってこの場所は存在しているんじゃない？」とクリスティナ。「わたしたちは来る日も来る日も問題に直面する。でも、わたしたちにはおたがいがいて、喜んで解決のために知恵を出しあうつもり。まわりを見て。わたしたちがここで成し遂げたことは、なかなかのものよ。そうでしょう？　どんなことにも専門家なんていやしない。これは闘いなの」

ニキタスは答えないようにした。すこしのあいだ、クリスティナの微笑に気づくことを自分に許す——たとえガリガリに痩せていても、彼女が魅力的であることは認めるしかなかった。それから立ちあがり、別れを告げると、灼けつくような真昼の陽射しのもとへ出て、考えをまとめようとした。それはいつも螺旋を描いて、同じイメージに行き着いた——元の同僚に押さえこまれるいっぽう、別の同僚に手錠をかけられる自分のイメージに。

火事

ドローンは期待に応えてくれた。すぐつぎの夜、イタリア人学校の畑の写真を受けとったのだ。建物のテラスに設けられた、急ごしらえの木製の日よけの下に注意深く置かれたふたつの青い箱は、たしかに蜂の巣箱だった。やるべきことはあとひとつ。彼は両腕をのばし、正面にある旧式のキーボードでプログラムを書きはじめた。

ニキタスはむかしから理性の人だと自負していた。ギリシャに居着いた——そしていまだに流入している——外国人の集団から良いものは生まれないと理解していた。犯罪、失業、ゴミ、あげくの果てには感染症。すべて彼らのせいだ。さもなければ、とにかく彼らがこの国にいることの副作用だ。ことの起こりは前世紀の終わりだったのかもしれない。そしていまや問題は大きくなり、おそらくはとり返しがつかない。でも、だからといって彼自身が見て見ぬふりをして、事態を変えるためにできることをしようとしないということにはならない。そういうわけで、彼は〈不法移民の統制と調査に関するヨーロッパ人部隊〉に志願し、参加した。彼らのしてきた仕事は必要不可欠のものであり、彼はまったく悪いとは思わなかった。監視ドローン技術者としての専門技能のおかげで、つねに現場とは離れていられた。不法移民は、処理するためにシステムに登録しなければならない数字であり、番号であり、やつれた顔だった。彼と、税関や、港や、隠れた貨物倉庫や、汗と吐気をもよおさせる息と小便の悪臭にまみれた屋外便所での同僚たちの襲撃とのあいだには、空電とひどい画質のライヴ・フィード映像があった。

あのいちどを除いて。

責めを負うのはなんなのか、内心のもやもやが晴れたことはない。ひょっとしたら、弾丸に胸をつらぬかれる直前の少年の表情にあったなにかかもしれない。だが、過ちは起きた。理性が屈して、ニキタスは隠蔽を拒み、六歳の不法移民が処刑される映像をリークした。もちろん、ただちに停職となり、つづいて一連の逮捕状が発行された。罪状は「ヨーロッパ共和国の市民に対する犯罪」だった。

そういうわけでここにいる。逃亡者として。

セント・ルーカスでの暮らしは最高というわけではない。だが、刑務所で終わるつもりもない。身の安全を確保するには、本物の蜜蜂がいないので、蜜蜂ドローンが有用という状態でなければならない。

いまやするべきことは多くない。自分のドローンと事故が結びつけられるのを防ぐために、打てる手はひとつ残らず打った。ワークショップを施錠して、オランダ人のコーヒーショップへ向かったのは、真夜中過ぎだった。とにかく、あいている店はそこしか知らなかった。

一時間後、最初の悲鳴が聞こえた。それから走る音、息を切らした話し声、そして最後に、泣き叫ぶ声が聞こえると思った。

「火事だ！」

「……イタリア人学校の畑」

「……生きたまま。生きたまま焼かれたんだ！」

集会

彼の知るかぎり、火事の犠牲者が死ぬ前に焼かれることは稀(まれ)だ。ふつうは苦痛を免れる。なぜなら、すでに窒息死しているから——さもなければ、別の理由で。とにかく、アクラムとクリスティナは死んだ。ふたりは畑の地上階で見つかった。夜中に畑でなにをしていたのだろう？　火事に気づいて、蜜蜂を救おうとしたのだろうか？　ニキタスにはわからずじまいだろう。だれにもわからないだろう。

気がつくと集会場のうしろに立ち、幼い少女——四歳だろうか？　五歳だろうか？——に目を釘付(くぎづ)けにしていた。少女はずっと押し黙り、集会の調整役の膝の上でじっとしていた。議論は大荒れで、いまは一般の集会場になっている古い教会の音響効果も役に立っていいなかった。ニキタスは、この手の集会にはめったに出ない。長引くし、彼にいわせれば効果が望めず、エネルギーを消耗するだけで、たいてい袋小路に行き当たるからだ。まさに今日のように。死者はもどって来ない。

彼は今朝どうやってめざめたのかを思いだそうとしていた。昨夜眠ったのかどうか、火事を消すのを手伝ったのか、それともねぐらに這いもどり、電線と、コンピュータの単調で眠気を誘うブーンという音に囲まれたのだろうか、と。ドローンが失われていないのをたしかめるため、やむにやまれず数えたのは自分だったのだろうか、小さな空飛ぶものを半狂乱でこすり、汚れを、想像上のものにしろ本物にしろ、黒く罪深い煤(すす)を片っ端から落としたのは自分だったのか、それともほかのだれか、悪夢から引きだされた自分の邪悪な分身だったのかを思いだそうとした。端末から飛行ルーチンを削除したのかどうか、あるいはポケットのなかで握り締めた汗まみれの掌の皮膚に食いこむ金属チップが、隠しておくべきドローンの触角(アンテナ)と脚なのかどうかを思いだそうとした。

顎が痛くなるまで歯を食いしばる。こめかみがズキズキする。

いい、いい、いい、いい。

死者はもどって来ない。

彼はポケットのなかで掌を開き、周囲でいわれていることに注意をもどした。どんな情報が出まわっているのか、彼らが疑惑をいだいているのかどうか、どういう手を打つのか、調査をするのかどうか、するならどんな方向でするのかを知らなければならない。それよりなにより――彼の名前が死者ふたりと蜂の巣箱の破壊と関連してとり沙汰されるかどうかを。

話をはじめていた顔色の悪いブロンド――クリスティナの仕事仲間だと自己紹介した――は、なんの解決ももたらさない別の声にすぎなかった。言葉が多すぎて、中身がないのだ。

「この件は」彼女はいった。「蜜蜂とは関係ありません」その言葉につづいて小さな抗議があがり、やがて二、三の声が十になり、まもなく調整役が介入するはめになり、ブロンドの声はいまやすこしだけ大きくはりあげられた。「ふたりがいなくても、なんとかなります。彼らは必要ありません。わたしたちには解決策があります。ええ、植物の自然な繁殖サイクルに蜜蜂をもどせていたら、それは良いことで、役に立ったでしょう。でも、最初から一か八かの賭けだったのです。クリスティナはそれを知っていました。アクラムも知っていました。ふたりに頼るわけにはいきませんでした。今日の議題は、まったくの別件です」

彼女は言葉を切り、幼い少女に目をやって、こういった――

「この子はアクラムの娘、アシルです」

ニキタスの手足が萎え、すべての音が薄れていき、ドリルのように頭の奥へ食いこんでくるかん高い音と入れ換わった。周囲の人々が手をあげて、しゃべっているのが見えた。だれかが叫んだようだった。混雑した教会ホールの熱気のなかで、彼はみなと同じように汗をかいていたが、その汗は冷たかった。汗で目がヒリヒリしたが、彼は閉じようとしなかった。閉じようとするたびに、アシルの残像が、数年前に彼の同僚に殺された幼い少年に変わるからだ。さらに悪いのは、脳裏に浮かんできた疑問だった。アクラムに娘がいると知っていたら、あるいは、あの夜アクラムとクリスティナが畑にいると知っていたら、自分はドローンを止めただろうか？　気を変えただろうか？

ニキタスは目を閉じ、かぶりをふった。

「おれだ」その声は、自分の耳に赤の他人のもののように聞こえた。喧噪（けんそう）が猛然とよみがえった。いまの声はだれにも聞こえなかったようだ。周囲の音に気づいて、彼はいまいちど両手をあげ、「おれだ！」と声のかぎりに叫ぶと、教会の中心に向かって歩きだした。声が途絶え、全員が無言で彼を見つめていた。多くは顔見知りにちがいないが、集会場で、彼らのあいだで会うのははじめてだ。その一事をもってして、全員が口をつぐむはめとなった。ニキタスは教会のまんなかにたどり着き、全員の燃えるような視線がひたと据えられるのを感じた。

（さあ、いうんだ）

「おれだ」

自分は中央地区へ引きわたされ、苦い代償を支払うだろう。（そう、たしかに苦い代償だ）人間ふたりを焼き殺したからではなく、不当な殺人を世間に暴露したからだ。彼はその皮肉に苦笑を浮かべそうになる自分を抑えた。

運が良ければ、ここにとどめ置かれ、愚かで、苦痛のない矯正活動のひとつが宣告されるのだろう。彼は危うく笑いだすところだった。自分は有罪だと告白したかったが、望む懲罰は受けられないだろう。この連中は罰し方をまったく知らないし、そうするだけの度胸もない。いまでさえ、ふたりの死の責任をだれが負うのかを突き止めるつもりはなく、少女をあずけるだれかを探しているだけだ。

(そうとも、このまぬけ野郎、そこが肝心だからだ。そして解決策だからだ)

(それが罰だからだ)

「おれだ」彼はいった。「おれがアクラムの代わりになる」

T2

ケリー・セオドラコプル──佐田千織 訳
ディミトラ・ニコライドウ、ヴァヤ・プセフタキ 英訳

T2 by Kelly Theodorakopoulou
Translators from Greek: Dimitra Nikolaidou, Vaya Pseftaki

エリエッタ＝ナタリアは鏡がはめこまれたホームの柱の前に立ち、鼻にしわを寄せた。とてつもなく高価な毛染めをした髪は、光の加減で金属的なコバルトブルーから暗い紫に、さらには白い筋が入った明るい赤紫がかった金色に変化するようになっていたが、かろうじて電車の駅に射しこんだ乏しい日光の下では、くすんだ暗い紫がかった灰色に見えた。彼女はため息をつくと、頭を振りながら路線の時刻表が表示された電光掲示板に視線を向けた。

キフィシア：8（T1）

彼女はそこから目を離すと、つぶやいた。「汚いほうに乗ればよかったのに」

「なにをいうんだ、エルナ！」アレクサンドロス＝フィリッポスがショックを受けた様子で彼女に目をやり、ゆったりした白いブラウスの裾から顔にかけてまじまじと見つめた。

「だって、アレフ！」彼女は肩を怒らせた。「切符代が倍だからって、そっちのほうがいいとは限らないじゃない」

「でも、環境に優しい洗剤で一日二回掃除して、壁をしょっちゅう塗り直して、シートカバーを交換してるっていうじゃないか」

「それは広告のうたい文句でしょう。だけど、広告では汚いのと同じ間隔で走らせるともいってたのに、その話はどこかにいっちゃってる」

アレクサンドロス＝フィリッポスは口を開いて反論しかけたが、前回金(かね)の話でどれだけ簡単にけんかになったかを思い出し、ぐっと言葉を呑(の)みこんだ。話題を変えることを自分に納得させようとするかのように、彼はホームに立っているほかの人たちに目を向けた。彼らのなかで誰が清潔な列車、T1を待っていて、誰がT2を待っているかを推測するのは簡単だった。ネクタイを締めてアタッシェケースを持った紳士は、当然ながら倍額の切符を買ったはずだ。そうすれば、明日スーツをクリーニングに出さずにすむのだから。みすぼらしい靴を履いてスカーフを頭に巻いた女は、たぶん割増料金はむだな贅沢(ぜいたく)だと考えただろう。よれよれのTシャツに染みのついたズボンという格好のうつろな目をした若い男にいたっては、安い運賃さえ払えるかどうか怪(あや)しいものだ、とアレクサンドロス＝フィリッポスは思った。黒っぽいロングスカートにグラフィティTシャツという服装で、バッジだらけのトートバッグを提げ、本を手にした、髪に青いメッシュがひと筋入った少女だけは、アレクサンドロス＝フィリッポスをためらわせた。しかしどんな好ましくない表情も浮かばないように顔の筋肉を意識する必要に迫られる前に、すぐ後ろでドサッという音がし、彼はぎょっとして振り向いた。

ずっと身じろぎもせずにベンチに横たわっていたひとりの女が滑り落ちていて、彼女に近づこうとするものは誰もいなかった。女が着ている古ぼけたフリルのついた柄物のブラウスに、デザインというより穿(は)き古したせいで色が褪(あ)せて破れたジーンズ、荒れた手、化粧をしていない顔のしわを見たスーツ姿の女性たちは、安全な距離を探っていた。

数秒後にはT1が到着したので、アレクサンドロス＝フィリッポスとエリエッタ＝ナタリアには、たとえそのつもりがあったとしても、見知らぬ相手になにかしてやるだけの時間はなかっただろう。だが列車のおかげで気まずい瞬間を過ごさずにすむと安堵の色を顔に浮かべていたのは、エリエッタ＝ナタリアだけだった。アレクサンドロス＝フィリッポスのほうは、ロングスカートに青いメッシュの少女が倒れた女のかたわらに膝をつき、その頭の下に自分のトートバッグを敷いてやっている様子を、列車の窓越しに夢中で眺めていた。結局あの子がどっちの列車を待っていたのかはわからずじまいになるな、と彼は考えた。それから、その答はわかりきっているように思えたので、こう自問自答した――彼女みたいな子がT1に乗るほうを選ぶなんて、どうしてちらっとでも考えたんだろう、と。

壁や天井はまぶしいほど真っ白で、広告までもが色鮮やかな、どこかわざとらしいほど清潔な車内では、すべての乗客が無関心な表情を浮かべながらも、そうでなければ乗車を認められない制服のように、今日初めて袖を通した下ろしたての服を着ているような印象だった。より厳密にいえば、ほぼすべての乗客が。

エリエッタ＝ナタリアが頭で指し示して、彼にささやいた。「もしわたしが彼女みたいになっても、まだ求めてくれる？」

アレクサンドロス＝フィリッポスは、彼女の口調がどこか恥ずかしそうなふりをしているだけで冗談めかして聞こえたのに気づき、なぜかはっとした。一瞬、エリエッタ＝ナタリアがいっているのは、さっき見たホームのベンチから転げ落ちた女のことだと思った。しかし彼女が指しているほうに目をやると、その顔つきが変わった。

　T2にくらべてT1では頻繁に検札がくるようになっているとはいえ、無賃乗車をするものが常にいることはもちろん知っていたが、彼らの姿、より厳密にいえば、彼らとほかの乗客たちの対照的な様子は、何度見ても衝撃的だった。

「紳士淑女のみなさん、こんばんは。わたしは物乞いではありません。十八カ月前に職を失った二児の母親で、なんとか生きていくためにこのティッシュペーパーを売っています。わたしは施しをお願いしているのではありません……」

　反射的に眉間（みけん）や頬にしわが寄るのを抑えられず、アレクサンドロス＝フィリッポスは、この年齢性別でこのような境遇にある人間にこれまで会ったことがあったかどうか、記憶をくまなく探った。女はエリエッタ＝ナタリアとたいして変わらない歳（とし）だった。しかしちらっとでもこのふたりになにか共通点があると考えるには、大変な想像力が必要だった。女の顔や両手の皮膚は乾いた獣皮のようで、脂っぽい髪には白いものが交じり、歯は……アレクサンドロス＝フィリッポスは、まるで窒息しかけているかのように視線を引きはがした。そしてエリエッタ＝ナタリアの上に、彼女の艶（つや）のあるポニーテール、滑らかな肌、柔らかい金色の睫毛（まつげ）、つきあいはじめた頃に送ったメールによく書いていたように「まるで薔薇（ばら）の花が咲いたような」唇を見つめた。このところ彼女の化粧品のなかに、ビンやチューブに加えて数本の注射器や錠剤を見かけるようになっていたというよけいな記憶は、頭から追い払おうとした。もちろん彼女自身は、どれも使っていないし安売りだったから買っただけだといっていたが、アレクサンドロス＝フィリッポスは初めてそれに気づいて以来、その包装が開けられたかどうかは確認していなかった。

彼は曖昧な表情でエリエッタ＝ナタリアを見たが、彼女の視線はまだ返事を求めていて、ピンでちくりと刺すように彼を現実に引き戻した。

「おいおい、ぼくになにをいわせたいんだ。見た目がいちばん大事なわけじゃないだろう」アレクサンドロス＝フィリッポスは多くの広告や映画に出てくる陳腐な表現でごまかした。

「それはそうだけど」エリエッタ＝ナタリアは体勢を変え、真顔で彼のほうを向いた。「男女関係の六十パーセントはセックスにあるっていうじゃない？　要するに」彼女はアレクサンドロス＝フィリッポスに目を据えた。「見た目ってことでしょう」

アレクサンドロス＝フィリッポスはドアの上に表示された停車駅の地図に、ちらっと目をやった。だめだ、ふたりが乗っている路線の終点はまだはるか先で、目的地に到着したおかげで救われることはなさそうだった。だが彼は不意に、もっと手の込んだ言い訳を探す気がしなくなった。

「まあ、そうぴりぴりしないで」彼はエリエッタ＝ナタリアの肩を抱いた。「きみは素敵だよ」

エリエッタ＝ナタリアは、そんな会話をはじめたことを後悔しているといわんばかりにネコのように彼の肩に頭を預け、ふたりは席が空くまでそうしていた。

「キフィシア。終点です。乗客の皆様は降車をお願いします」

この声、いつも同じ……。アレクサンドロス＝フィリッポスは、少し前にこれもまた電車のなかで耳にした会話を思い出した。せいぜい十歳くらいの女の子が母親に、列車の種類がT1とT2に分かれたとき、きれいなほうのためにアナウンスの声も新しく録音したのかと尋ね、していないと聞くと顔をしかめて、倍の値段の切符を持っている乗客に死んだ女の人の声を聞かせるなんてすごく感じが悪い、と文句をいっていたのだ。アレクサンドロス＝フィリッポスは口を開いて、前にこんなことがあったんだとエリエッタ＝ナタリアに話そうとしたが、既に彼女は列車が止まったとたんに席を立ち、押し合いへし合いしながらドアに向かっているところだった。

いままでは太陽の光を浴びたエリエッタ＝ナタリアの髪は印象的な銀色がかった紫に変わり、顔には笑みが広がりかけていたが、向かいの広場の端に目を留めると、その表情が凍りついた。

「アレフ……これっていったい？」

キフィシア・グローヴ全体と、その広場を囲む通りに人があふれかえり、エリエッタ＝ナタリアのほうに背を向けて、彼女の知らない言語でシュプレヒコールを上げていた。おまけに彼らは先に進もうとする気配がなく、その服装、少なくとも彼女から見える範囲でいちばん近い、後ろのほうにいるものたちの服装は、T2に乗ってここまできたにちがいないと思わせるものだった。途方に暮れた彼女は、車両から出てくるほかの乗客たちに目をやった。彼らは直接車に乗りこんだり、下の階の出口を探そうと、引き返して駅の構内を調べたりしていた。

アレクサンドロス＝フィリッポスが、眉をぎゅっと寄せてエリエッタ＝ナタリアの後ろに立った。「モスクを求めるイスラム教徒の抗議集会だな。この前なにかで読んだ気がするけど、忘れてたよ」

「だけど……」エリエッタ＝ナタリアは曖昧な手振りをした。「どうやって通り抜けるの？」

「ほんの何分か前に汚いほうに乗ったほうがよかったといってたのは、きみじゃなかったかな？」アレクサンドロス＝フィリッポスは眉を上げ、横目で彼女を見た。

「あれはお金のことであなたに小言をいっただけでしょう、アレフ。本気じゃなかったんだから！」エリエッタ＝ナタリアは、ひとつにはそれを理解していない彼の愚かさに、そしてひとつには自分たちが身動きが取れなくなっていることに、絶望しているようだった。

「大丈夫だよ、彼らを迂回していくんだ。大したことじゃない。どのみち医者のオフィスは広場には面してないんだから」

「……そんなことをしたら、あのなかの誰だって路地でわたしたちを襲って、人に知られずに撃てるじゃない。特にいまは、いつでもギリシャ人とやりあう気になってるんだから」

「真っ昼間に、北部の郊外で？」アレクサンドロス＝フィリッポスは彼女が本気で、わざとひねくれたことをいっているだけではないのをたしかめようと、エリエッタ＝ナタリアのほうを向いてしげしげと眺めたが、なんともいえなかった。

「ひょっとして、お医者さんに電話してキャンセルしたほうがいいんじゃない？」彼女の表情は、無邪気さと不安を完璧にまねていた。

「冗談だろう、エルナ！　予約を取り直したら二カ月後になってしまうぞ！」アレクサンドロス＝フィリッポスが彼女の腕をつかみ、ふたりは広場に背を向けて左手のほうに歩きだした。彼は歯を食いしばってぶつぶつと悪態をつきながら目的地への迂回路を探していたので、エリエッタ＝ナタリアの顔に浮かんだ勝ち誇った意地の悪い笑みには気づかなかった。

呼び鈴の上に「産婦人科医　I・G・メレコス」というブロンズ製の表札が出ている建物の入口にたどり着き、ボタンを押してブザーが鳴るのを聞いて初めて、エリエッタ＝ナタリアの表情がやわらぎはじめた。医者にブラウスを上げるようにいわれ、エコー検査用のプローブを滑りやすくするための冷たいジェルをお腹に塗り広げられたときでさえその落ち着いた様子は変わらず、アレクサンドロス＝フィリッポスは最初に彼女が大騒ぎをしていたのはすべて、か弱いふりをした芝居だったのではないかという思いを強くした。その一方で彼は、医者が富をひけらかしていることにどれだけいらだっているかを表に出さないように、自分を抑えなくてはならなかった。趣味がいいというよりも高価な品々、特に最近流行りのなんだかわからない奇妙な色の鉱石でできた抽象彫刻でオフィスが飾られていたばかりか、I・G・メレコス自身がスミレ色の目をしていたのだ。それはつまり、色はついているが視界をまったく妨げない、最後の世代のコンタクトレンズを購入していたということだ。スミレ色のレンズが手に入るのはこのバージョンだけで、わずかに出回っていたものはあまりに高価だった――アレクサンドロス＝フィリッポスは、ドリッズト・ドゥアーデン

（『ダンジョンズ＆ドラゴンズ』に登場するキャラクター）を演じた俳優がYouTubeのインタビューでそう話すのを聞いたことがあった。

「すべて順調ですよ」医者はプローブのハンドルを握り、装置のスクリーンに目をやりながら、宙に向かっていった。「もちろん、まだごく初期ですが、胚の発育は正常ですし、心配する理由はありません……その点に関しては」

「その点に関しては」エリエッタ＝ナタリアは医者を見ようと頭を持ち上げながら、最後のひと言を繰り返した。彼のオフィスに入ってきて以来初めて、その顔にしわが寄った。「その点に関しては、心配する理由はない。それはつまり、なにか別のことで心配する理由があるということでしょうか？」

「えっ、ああ」I・G・メレコスは彼女のほうを向くと口を開け、なんというべきか決めかねていったん閉じたが、ついに心を決めた。「健康上の問題ではありません。ただ、出生前のDNA検査の結果が出て、それが少々……とにかく、お話ししますので、どうするかはおふたりで判断してください」

エリエッタ＝ナタリアがお腹のジェルをタオルで拭き取り、服を整え、医者のデスクにつくまでには、ふだんより少し長くかかった。色とりどりの髪をした娘の両手は震えていた。

「まあ、落ち着いて！」彼女の気を静めようとする医者の口調は完全につくりもので、気の毒がっているというより、患者が動揺していることにいらだっているようだった。「ただ、検査の結果、あなたがたの赤ちゃんは外見にある特徴を持っていることがわかった、というだけです……いうなれば、理想的ではない特徴をね」

「どういうことです？　背が極端に低くなるんですか？　わたしのおじで……」アレクサンドロス＝フィリッポスは妻が可哀想になり、罪の意識から解放してやるために勇気を出して口を挟んだ。

「いいえ、そうではありません」

「肥満の傾向があるんでしょうか？　母がよくいって……」

「いったはずですよ。これは健康とは関係のないことだと」

「それなら？」アレクサンドロス＝フィリッポスは一瞬、腹を立ててもいいだろうかと考えた。

I・G・メレコスはデスクから体を離していった。

「あなたがたの赤ちゃんは、茶色い目を持って生まれてくるでしょう」

まるでその言葉が合図となって大きすぎる外套が脱げるように緊張が解け、アレクサンドロス＝フィリッポスとエリエッタ＝ナタリアは、はっと顔を見合わせた。彼らは無意識のうちに、最近見かけた茶色い目の人たちの記憶を探り、あることに気づいて椅子の上で身じろぎした。それはT2の乗客たちだったのだ。アレクサンドロス＝フィリッポスは記憶をさらにさかのぼり、自分の両親がそのカテゴリーに属していたことを思い出すだけの余裕があったが、それでは心を落ち着かせるには不充分だった。口を開いたとき、彼の声は上ずっていた。

「それがどうしたっていうんです？　ギリシャ人にいちばん多い色じゃないんですか？」

「もはや違います」医者はふたりの顔に向かってうなずいてみせた。彼女の目は緑で、彼の目は灰色がかった青だった。「正確にいうと、この数十年で移民との混血が進み、上流階級の人々は東欧の女性とのあいだに子どもをもうけてきたため、わたしたちは色の薄い目を持つようになりました。一方、濃い色の目を持つものは、たいていが中東からやってきてギリシャ人になった家族の出です」

キフィシア・グローヴでの抗議活動を思い出したアレクサンドロス＝フィリッポスは、いいわゆるギリシャ人になった、といいたくなったが、ぐっとこらえてなにもいわなかった。なぜならそんなやりとりよりも、別のことに関心があったからだ。「それで、それのなにが問題なんですか？」

Ｉ・Ｇ・メレコスは、ほかのものたちが自分に干渉されずに判断できるよう己の知恵の断片を差し出す科学者然とした表情で、両手を広げた。「数十年前にアメリカで行われた調査では、醜く耳障りな人気のない名前を持つ人の寿命は、そうでない人より平均で九年短いことがわかりました。現在、その差は三倍になっています」

「でも、わたしたちはまだ……」エリエッタ＝ナタリアには本題に入るための無関係な事例をおとなしく聞いている我慢強さはなかったが、アレクサンドロス＝フィリッポスはそんな彼女を目で励ました。

「同様に、統計によると、今日ではより多くの富を持つのはもちろん、雇用の場の序列で高い地位を占めているのも、八十三パーセントが茶色い目を持たない人たちです」

「でも……！」

「そして十年前には、その数字は七十パーセントでした」

「ということは、十年後には……」エリエッタ＝ナタリアの表情は、医者の狙いどおりに懸念が伝わったことを表していた。彼はアレクサンドロス＝フィリッポスを横目で見たが、そちらも納得させるのに必要な言葉はすぐには思いつかなかった。

「だからどうだっていうんです？」アレクサンドロス＝フィリッポスは肩をすくめていった。

「たとえそれは重要なことだと認めたとしても、わたしたちにはどうしようもない。そうでしょう？」彼は医者に挑発的な目を向けた。

「そんな小さなＤＮＡの細部に影響を与える薬はありますが……」医者はためらいがちにいいかけた。

そしてその値段は、わたしたちふたりの半年分の給料と変わらないんだ！　アレクサンドロス＝フィリッポスは蒸気が充満した鍋のふたのようにそう言い放ちかけたが、エリエッタ＝ナタリアに目で止められた。

「……わたしが提案するのは、より費用のかからない解決策です」この言葉を発した医者のスミレ色の目には、遠回しな軽蔑の表情が浮かんでいた。「あなたがたがうちの診療所に通われているなかでは数少ない、不妊の問題を抱えていないカップルであることを生かし、妊娠を中絶して再挑戦してみてはどうでしょう」

アレクサンドロス＝フィリッポスは口をあんぐりと開けた。エリエッタ＝ナタリアのほうを見ると、彼女の顔には同じように愕然とした表情は浮かんでおらず、そのことに彼はかっとなった。だが妻はアレクサンドロス＝フィリッポスの手を取り、彼が口を開く前に止めた。

「ありがとうございました、先生。ほかになにか？」

「これを」スミレ色の目をした男は引き出しから封筒を取り出して、彼女に渡した。「もし別の意見を求めておられるなら、検査結果です。よい一日を」


「あいつは頭がどうかしてる、ほかに説明がつかないよ！　誰か別の医者のところにいこう」建物の入口のガラス扉が後ろで閉まりもしないうちに、「産婦人科医　I・G・メレコス」という表札の真ん前で、アレクサンドロス＝フィリッポスは腹立たしげに首を振って通りに踏み出し、エリエッタ＝ナタリアがその後を追った。

「たしかに極端なやり方に聞こえるけど、ねえアレフ、考えてみて。一生、一番高価なコンタクトレンズを買うだけのお金を稼げると思う？　たとえそのうち安くなるとしたって……。いつかその子自身が、そんなむだな出費を背負わされたことでわたしたちを責めるようになる。昔はそれとは別の、たとえば文盲や無知みたいな特徴を最初から取り除くために、個人指導を受けさせたり、外国語教室や音楽学校に通わせたりしてた。いまは時代が違うっていうだけで……。ちょっと、走らないで、あなたに追いつこうとしてたら顔から転んじゃう。野蛮人みたいな態度を取ってないで、足を止めて話し合いましょう！」

「おい、ぼくがなにみたいな態度を取ってるって……？　いってくれるな、エルナ！」

ふたりはひどく気が立っていたので、きたときのようにまわり道をして駅に引き返すのを忘れ、広場を通っていた。しかし抗議活動はもう終わっていて、キフィシア・グローヴはふたりが自分たちの間違いに気づかないほど閑散としていた。外国語で書かれたビラが何枚か、風に飛ばされてふたりの目の前を舞っているだけだった。

われらが仕える者

エヴゲニア・トリアンダフィル
──市田 泉 訳

Those We Serve by Eugenia Triantafyllou

夏の設定に切り替わるとき、マノリの頭にそのイメージが浮かぶ。それは彼だけの密やかな儀式になっていた。夏は必ずアミーリアとともに始まる。いちばん鮮やかな思い出は彼女にまつわるものだ。

その思い出の中、アミーリアは若々しい丸顔で歯を見せて笑い、茶色い髪を高い位置でポニーテールにしている。じめじめして暑く、二人はプールサイドバーのそばにいて、服は肌に張りついている。その思い出の中、マノリは人間だ。

ポッドベッドの中に横たわるマノリは、そのイメージをもう少し長くとどめていたかったが、早くも脊柱が文句を言い始めていた。後頭部のピーンという音は鈍いけれどしつこく鳴り続けている。

上にある島はわずかに傾いていた。

マグニチュード4・2の地震。恐れるに足らないが、やはり注意を払わねばならない。崩れた建物のあいだを歩くアミーリアの姿が頭に浮かんできた。どっちへ向かったものかと途方にくれている――それだけでマノリがポッドを出るには十分だった。

さいわい被害はごく小さかった。低温保管庫から皮膚をとり出し、スチールの骨格に丹念に重ねていきながら、マノリは地面の移動を計算した。地割れはなし、二、三のエリアで小さな地盤沈下。この島はいずれ粉々に砕けるだろうが、それは今日ではなさそうだった。

一年のこの時期、サントの島は観光客であふれんばかりだ。船が波止場にダース単位で到着し、人の群れが通りにひしめき、肩がぶつかり合い、四角い家々の白壁にこすれ、体が狭い路地を少しきつい思いをして通り抜ける。

人の波は、すでに見捨てられた建物の数々に押し寄せてくるが、年々勢いをなくしていた。今ではほかにすることがあり、ほかに行く場所があるのだ。だから年ごとに人の数は減ってきている。マノリと違って観光客は自由に去ることができる。

マノリは必ずフロントにいて、夏が来るたびに観光客を待ち、笑顔を浮かべて丁重に迎え入れる。ヘリオトロープホテルで会う彼が、本物のマノリではないことを観光客は知らない。マノリはただの人造人間、オリジナルの違法なコピーでしかない。存在自体が法による処罰の対象となる。マノリは夏だけの男であり、ただ夏のために存在しなくてはならない。本物の彼、人間のマノリは海底のサントの町に住んでいる。


ヘリオトロープのロビーで、地下へ引き上げる冬のスタッフと鉢合わせした。彼らはマノリにうなずきかけ、気候や外界について役立つ情報を送ってきたが、口数は少なかった。話すことなど特になかった。冬のスタッフはマノリの目にも風変り（ふうがわ）りに映った。冬のあいだ、島は外からの刺激を完全に失い、たまに人間が思いがけず訪ねてくるぐらいだが、そういう客には冬のスタッフが見るからに不愛想な対応をしている。冬の島は寒く、空っぽで、墓のような静けさだ。だから冬のスタッフはこんなに数が少なく、陰気くさく、その目はときに焦点が合わないように見える。マノリは彼らをねぎらいたかったが、あまり長いこと彼らを見ていたくはなかった。

カウンターの内側に立ったマノリは、一瞬ためらってから、島の交通監視カメラの映像をオンにした。

視覚センサーにくっきりした映像が届いた。彼の目は港から空港へ、次いで道路へと移ってまた引き返し、大勢の観光客の顔の中からただ一つ、興味のある顔を探した。何人かの常連客が見分けられた——つまり人造人間たちのデータバンクからその顔のデータを引き出せた。

アミーリアはどこにもいなかった。今日到着するはずなのだが。このときまでに、見られる映像はどれもくり返し調べてしまい、冬のあいだ彼の古いポッドベッドに積もるぶあつい埃（ほこり）のように、今年は来られなかったのかもしれないという認識が心にのしかかり始めていた。

マノリは溜息（ためいき）をついた。アミーリアからは数か月前にホテルの部屋の予約が入っており、キャンセルの連絡はなかったが、人間とは予想のつかないものだ。今までに三度、彼女がキャンセルしたことがあった。最初はカレッジに入ったときで、その後何年か夏の海外旅行はできなかった。二度目はバハマへハネムーンに行ったとき、そしてつい昨年の夏、離婚したとき。

バスの運転手、パノスのずんぐりしたシルエットがカウンターの向こうに現れた。スーツケース、ハンドバッグ、小型カバンを抱え、二人の女性の後ろから大理石の床をゆっくりと歩いてくる。二人はおしゃべりしたり、周りの写真を撮ったりしている。マノリはアミーリアの姿を求めて見回したが、この女性たちともいっしょではなかった。

パノスの右のこぶしが握っているのは、どう見ても金だろう。小銭と紙幣だ。

「それはここに置いていけよ」パノスがそばを通るときマノリはそっと声をかけた。エレベーターのドアが開くと、パノスは回れ右した。女性たちはおしゃべりを続けながら乗り込み、ドアは二人の後ろで閉まった。パノスがついてこなかったことには、二人とも気づいていなかった。

パノスはくしゃっと顔をしかめた。この友人はチップをとっておくのが好きなのだ。本物の人間らしい気分、島そのもののように時代遅れな気分が味わえるから。とりわけ気に入っているのは小銭だ。役に立たない金属のかけらだから。

「おれたちみたいに」運転席の下に置いてある水差しに小銭をチャリンと入れながら、パノスはマノリに冗談を言った。「だが、この島を買えるくらい貯まったら、小銭はもう役立たずじゃない」

そんなとき、マノリは何も言わなかった。観光客が差し出した瞬間から、小銭は島のものなのだから。そして人造人間も島のものだ。彼らが何かを買えることは決してない。だがもちろん、パノスはそんな現実は気にしない。人間のパノスもまた夢見がちな男だったのだろう。

マノリは開いた手のひらに目を落として、それからパノスを見た。パノスは溜息をついてマノリに紙幣を渡した。

「小銭はとっとくよ。あいつらがチップを回収しに上がってくるわけじゃなし」そうつぶやき、背後のスーツケースを乱暴にひっぱった。

「気をつけろよ、兄弟」マノリは言った。「お客様を怒らせるといけない」小銭のことは気になったが、目をつぶることにした。

パノスはうなったが、いくらか気をつけて荷物をひっぱっていった。エレベーターのドアが開くと、マノリにウィンクしてスライドドアの向こうへ消えた。

マノリはカウンターの下から金属の箱をとり出し、札束から輪ゴムを外して新しい紙幣といっしょに束ねた。何枚かはもはや使われていない紙幣で、なんの価値もなかった。だがそれは問題ではない。マノリは島のあらゆるものと同様、この札束にも責任がある。もうじき階下の金庫に持っていかねばならない。

だれもこの金をとりにはこない。はした金だ。まとまった金は、島民が何十年も前に設けたそのための口座に入金されているのだろう。もうずっと前から、人間が上がってきて人造人間と話をしたり、人間らしさを教えたりすることはなかった。オリジナルの生活に関する情報は細々（ほそぼそ）と伝わってくるが、マノリもほかの人造人間も、おもに誕生時の記憶に頼って役を演じなくてはいけない。

何か事情があって、人間はこの場所や人造人間の面倒を見にこられないのだ——マノリはそう信じていた。だが、それについて問い合わせる方法がわからなかった。その件を島外の人間と話すことは命令で禁じられているし、ほかの人造人間の知識も、彼より少なくはないが似たり寄ったりだ。

人間は変化する——十年というのは、ほかの人間の人生を即興でやり続けるには長すぎる時間だった。

マノリの心にまた不安が忍び込んできたとき、ガラスドアの向こうに女性の姿がちらりと見えた。

アミーリアだ。

いつも持っているくたびれたバックパックについて、穏やかながら断固としてポーターに言い返す様子から彼女だとわかった。とはいえ、ほかにも彼女を見分けるための手がかりは山ほどあった。マノリは彼女の体形も言動の癖も知り尽くしており、データバンクでさえ、細かい点について彼に匹敵するデータは持っていないほどだ。現在はマノリと同じ五十代前半。だがこれほど歳月が過ぎても、彼女はあいかわらず茶色い髪をきっちりしたポニーテールにして、それが今、左右に揺れている。

マノリはかぶりをふったが、口元には微笑が浮かんできた。ほっとしながら、アミーリアがドアをくぐるより早くチェックインの手続きをすませた。

アミーリアが実際にドアをくぐったとき、頭蓋の底から不愉快なメッセージが伝わってきた——〝顧客到着〟。マノリは歯を食いしばったが、そんなものにこの瞬間を損なわせはしなかった。

アミーリアは近づいてきながら、にっこりと笑った。手にはバックパック。口論に勝利したのだ。背後ではいちばん若いポーター――いちばん若い人造人間でもある――がしかめ面をしている。敗北感と、務めをちゃんと果たしていないことへの不安が混じった表情だろう。なにしろたった十五歳なのだ。そのことが悲しくて、マノリはポーターの過ちを許せる気分になった。

「今年はいっしょにやりたいことがあるの」マノリの顔を見るなりアミーリアは言った。

「また会えてうれしい」カウンターごしに手を伸ばしてきて、彼の手をぎゅっと握る。

一瞬、マノリの脊柱脳が意識脳と争った。脊柱脳は、ただちに顧客にルームキーを渡し、その手からバックパックを受けとれと主張している。だが意識脳はどっちもしたくなかった。それでもマノリはプロフェッショナルだ――彼以前には人間のマノリがそうだったように。そこでアミーリアにルームキーを渡し、片隅におどおどと立っているポーターのほうを向いた。

「ご苦労様」とうなずきかける。「お客様の荷物を部屋へ運んでくれ」

ポーターがエレベーターに乗り込むのをアミーリアは見送った。ドアが閉まると、好奇心いっぱいの顔でマノリのほうを向いた。

「あの子、若いわね！　最近は地元の子が走り回ってるのなんて見かけないけど」

（ありがたいことだ。この体は子供には向いていない）マノリは思ったが、口には出さなかった。どのみち脊柱が許してくれない。マノリは作り主に害を及ぼすことができない。もしも世間に知れたら、まさに彼らに害が及ぶだろう。

「子供がいると、親の気が散るから」かわりにそう言った。

マノリの言葉を聞いて、アミーリアの目が妙な感じにきらっと光った。だが彼女はすぐに目をそらし、その光はあっさり消えてしまった。

マノリはカウンターの奥の持ち場を離れて、アミーリアのそばに行った。「来てくれてうれしいよ。ご家族はお元気？」

アミーリアは身を寄せてきてマノリをハグした。マノリはつかのま、されるがままになっていた。こんなにしっかりと人間に触れるのはひさしぶりだ。

脊柱脳は沈黙していた。なにしろ人造人間は人間らしく見えることを推奨されているのだ。さもないと、だれかが欺瞞(ぎまん)を見破るかもしれない。もっとも、観光客の目をごまかすのは難しくなかった。深いつながりを求める客はまずいないのだから。

「それで」彼女の愛情表現から逃れると、マノリは言った。「今年は何を用意してくれたのかな」

アミーリアは目をきらきらさせ、十七歳の彼女の表情（マノリの誕生時の記憶に永遠に刻まれている顔）でマノリを見てささやいた。「蝶(ちょう)の島」

蝶の島はサントから船で二時間。サント市民のものではないため、そこで密かに暮らす人造人間は一人もいない。人間もいない。蝶しかいない。

マノリは蝶の島に行ったことがあった。ただし誕生時の記憶の中でだけだ。つまり人造人間のマノリが生まれる前に、人間のマノリが少なくとも一度はその場所を訪れたのだ。彼は十七歳で生まれたとき、オリジナルの個性だけでなく、その記憶も――とりわけ、大切な記憶は――たくさん与えられていた。

人間のマノリは緑したたる風景と、島のあらゆる場所から湧いてくる蝶を記憶にとどめていた。ガイドが一行を森でいちばん蝶の多いところへ案内した。人間のマノリは曲がりくねった階段を上り下りしながら、木製の手すりをぎゅっとつかんでいた。そうしないと、カバマダラの群れが木々と一体化したり、人間たちの体のあいだや彼の細い脚のあいだを平気でひらひら飛んだりするのに目を奪われ、つまずいて転んでしまいそうだったのだ。

このときの記憶は、人造人間のマノリが自分で築いた記憶と比べても、とりわけ明るく、とりわけ色彩豊かだ。それはマノリが本物の人間ではなくて、鮮やかな記憶を作れないせいなのか、マノリの人生を彩るのがごく限られた生活であるため、何もかもくすんで見えるせいなのか判然としなかった。

朝早く、マノリは石だたみの路地を駆けていった。この遠出のときは、なるべく人の足に踏まれていない場所を選ぶようにしている――人の足に本当に踏まれていない場所がこの島に残っているとしたら。一日のその時間には、歩き回っている観光客はそんなに見かけない。

ほぼ一日中プールサイドで過ごして日焼けする人々にとっては早すぎるし、地元のクラブで一晩中遊びまくって夜明けに帰る人々にとっては遅すぎるのだ。

貴重な二、三時間、島は人造人間だけのものに思える。

マノリは明るい夏の色に塗られた壁だけでなく、太陽のように輝く純白の壁の美しさもじっくり味わった。かたわらには静かな海と海辺のプール（傾けたグラスさながら、プール内の水が海に注ぎ込むように見える造りだ）。小さな白い教会に通じるカーブした広い階段を上っていくときは、教会の古びた美しさを、緑の塗装がはげかけた鐘をほれぼれとながめた。司祭が――これも人造人間だが――綱を引いて鐘の音を海まで響かせ、長い黒のローブともじゃもじゃのひげを激しい風になびかせている。そのあと軽くうなずいてマノリに挨拶し、両手を組んで水平線に視線を据えた。

この司祭はどうやって、自分の性質と誕生時の記憶を両立させているのだろう。今でも自分が神の被造物だと信じているのだろうか。マノリはどの人造人間についてもこの疑問を抱いたが、常に同じ結論に達した――元となった人間によりけりだ。誕生時の記憶と、オリジナルの人間が持っていた個性。それは人造人間にずっとついて回る。

島の状況は悪かった。いまだかつてなく悪かった。マノリは島中のダメージを診断し、修理できるものについてはその方法を探って昼近くまで過ごした。ヘリオトロープホテルは、あちこちのひびが見た目より深いといけないため、一つの翼棟を丸ごと閉鎖するはめになった。加えて、修繕の必要なパブやレストランもあった。

こうした建物の多くはかつて学校や公共施設だったが、押し寄せる観光客が増えたとき、使い途を変更したのだ。じきに地元民は役場のアナウンスがないと家を出られなくなり、夏場の病院は満杯で地元民も観光客も診察できなくなった。ある選択をする必要があった。

マノリは海底の町に住む人々に建築資材を発注したが、たぶん資財は届かないとわかっていたのでかぶりをふった。もう長いあいだこんなふうだ。通常の物資、何年も前に定められた物資はスケジュールどおりに届けられる。けれど、新しいものや予定外のものは届くとは限らず、届いても数が減らされている。マノリはいつも、店やレストランやホテル用の物資が入った箱やクレートをかき回すが、島を立て直すのに使えそうなものは入っていない。運がよければ、必要な量の四分の一くらいは入っているかもしれない。それだけでも、脊柱は喜びにパチパチ音を立て、マノリの几帳面さに報いるのだ。

家に帰る道はうんざりするほど長かった。ちょうど昼どきで、観光客が食事と地元の名所の両方を求めているからだ。作物に襲いかかるイナゴの群れのように、彼らは通りにあふれ出す。〝失礼〟と〝すみません〟は夏のあいだ、とりわけ混雑時には、もっとも多く口にされる二つの言葉だ。マノリが五人家族（すでに顔も首も肩もロブスター色に日焼けしている）のあいだを通り抜けるとき、その言葉は島中に響き渡っていた。

一日のこの時間、いちばん人が少ないのはどの通りかと考えながら、マノリは小さくてとるに足らない存在になろうと努めた。

いきなり右に曲がり、袋小路だと思われがちだが実はそうではない路地に入った。曲がろ

う と考えなくてもよかった。何年にもわたって壁の迷路を抜けてきた体が覚え込んでいた。だがそのとき、マノリは凍りついた。こっちをじっと見ている男が、九十二パーセントの一致度でマノリの顔を持っていたのだ。しかもそれは人間の顔だった。マノリにはそうと見分けられた。男も凍りついていたが、それはほんの二、三秒だった。ふいにくるりと背中を向け、大通りへ引き返し、観光客の波に運ばれていった。

二人は食堂（タヴェルナ）の裏庭で、赤いチェックのクロスをかけたテーブルについていた。いい席ではない。厨房（ちゅうぼう）のにおいが温かい霧のように漂ってくるし、壁際なので見るべきものは一つもない。それでもその席は静かで、アミーリアはそれで充分だと言った。だからマノリも彼女の言葉に従った。

今日は彼の休日ということになっていた。人造人間といえど、見かけ上は休みをとらなくてはいけない。この理屈によって、マノリは脊柱の命令をなんとか回避し、脊柱も反対はしなかった。

回避できないのは、路地で会った男について考えることだ。

マノリは男の顔をくり返しデータバンクと照合したが（その調査のあいだ、脊柱脳は不気味に沈黙していた）、何も見つからず、一日中それが気になっていた。もしもこの日に記録されたあの男の姿がなかったら——一つはツアーバスに乗り込むところ、もう一つは港にいるところ——何もかも気のせいだと信じてしまうところだった。

「ねえ、でも見るべきだわ」アミーリアがマノリをつついた。「文字通りいたるところにいるの！」

また蝶の島の話だ。

この友人はのんびりしたタイプではない。ノーという答えを受け入れる性質（たち）でもない。それだけはわかっていた。何年にもわたり、マノリは彼女のお供をして、島の至るところへ出かけていった。ロッククライミング、ワインのテイスティング、博物館見学、スキューバダイビング。何もかもいっしょにやった。そして彼女は三十年近く、強い愛着のようなものを抱いて、この島をくり返し訪ねてきた。マノリは理由を尋ねるのが怖かった。結局のところ、わざわざやってくる価値はないと、彼女が気づいてしまうといけないから。

「正しい形で頼んでくれたら行くよ」マノリは言った。にっこり笑っていたが、内心は真剣そのものだった。

だがアミーリアは正しい形で頼んでくれないだろう。頼み方を知ることはないだろう。問題はそれだけではなかった。外の世界のことを考えると、マノリは流砂に沈んでいくような感覚に襲われるのだ。マノリは小さく、世界は彼のような半人間にとっては大きすぎる。世界は彼を窒息させる。

アミーリアが初めて島に戻ってきたのは、カレッジを卒業したあとだった。彼女は一人きりだった。両親が後ろで、絶え間なく探検したがる娘について愚痴をこぼしたりしていなかった。

会ったことはなかったが、マノリはすぐに彼女を見分けた。彼女と交わした震えるようなファーストキスを、唇がまだ鮮やかに覚えていた。だが彼女にキスしたのは彼ではなかった。十七歳だった人間のマノリだ。その少年は彼女に魅せられていた。それでも、あのキスの思い出は常にみずみずしく、マノリの中に息づいていた。毎年の夏の初めに、それは戻ってきて彼の心に棲みついた。マノリはたった四歳で、心を打ち砕かれていた――彼には意識があり、すべてを覚えているのに、人間のマノリではないのだから。彼は人間のマノリの所有物なのだから。

アミーリアが満面に笑みを浮かべ、目をきらきらさせてまっすぐ近づいてきたとき、マノリは彼女の友人にならずにはいられなかった。彼女はマノリの中に、このうえなく意外な形で人間性を注ぎ込んでくれた。彼はただアミーリアのために、これ以上ないくらい巧みにマノリになれた。三十年のあいだ、完璧にマノリのふりができた。そしてアミーリアは違いに気づかないようだった。二人の絆は強まっていった。

「海底の町を訪ねたことはある？」

その質問は深い考えもなく唇からこぼれ出た。脊柱が頭の中で大きなきしみ音を響かせ、そんな発言をした彼を罰した。マノリはくらくらして目をつぶった。アミーリアは気づいていない。

「あら、いいえ」眉間に一本皺がよった。「閉所恐怖症になりそうな場所だって聞いてる。行くのはとても難しいって。人間は海底で暮らすようにはできてない」

ウェイターの女性が話をさえぎって耐油紙を敷き、その上に焼きたてのパンを置いた。それから皿を一枚――載っているのは、大ぶりにカットした血の色のトマトにオリーブオイルとオレガノをかけたもの、ハロウミチーズのソテー、じっくりローストした茄子(なす)にフェタチーズをちらしたもの、ゴマとミントのパイのはちみつがけ、レモンソースをかけたギョウジャニンニク。

マノリは彼女に感謝した。

ウェイターがマノリに目を向け、それからアミーリアを見て、もう一度、こう言わんばかりにマノリを見た。"何やってるの、兄弟。あなたがやってるのは危険なゲームだよ"

「そこに行きたいの?」アミーリアはパイをかじった。ミントの香りが二人を包んだ。マノリの脊柱がまた警告を与えた。今回は簡潔なメッセージで。〝話題を変えろ〟

「いや、違うよ」

「あなたが行きたいなら、行ってみてもいいけど」

目の奥で光がひらめいた。規則違反に対するやんわりした戒め。

「大丈夫?」アミーリアがマノリの指先に触れた。彼女の声には、どことなく鋭い響きがあった。

「ぼくはこの島を離れない」マノリはささやいた。

アミーリアはまたおかしな目でマノリを見た。彼女にも言うべきことがあるが、言わないようにしている――ときおりそう思えることがあった。そしてマノリは自分に言い聞かせるはめになった。人間にも秘密はあるのだと。それどころか、秘密を持っているのはたいてい人間のほうなのだと。

「蝶の島に行ったことがないなんて信じられない。すぐそこにあるのに」アミーリアはマノリに目を向けたまま言った。「この島を離れたことがないなんて、ほんとに信じられない」

肌がちくちくした。こんなにしつこくするのをやめてくれないだろうか。もしも真実を伝えられれば、やめてもらえるかもしれない。だがそしたらもう、アミーリアはマノリの友達でいたいとは思わないだろう。

「そうするしかないんだ」マノリは弾かれたように立ち上がり、外へ駆け出した。

気持ちがすっかり落ち着くまで、あえて人込みに紛れていた。

アミーリアに謝り、埋め合わせをする（とり乱して置き去りにしたことに対して、蝶の島へついていかないことに対して、だれかのコピーにすぎず、そのだれかではないことに対して）あらゆる方法を考えながら、ヘリオトロープへ向かっていくと、プールサイドバーの明りがはっきり見え、静かな音楽が流れてくることに気がついた。

プールサイドバーを見ると、マノリはいつも懐かしい気持ちになる。そのバーは、島の黄金時代を偲ぶために設けられた――ゆったりした音楽、薄暗い黄色の明り、時の砂になかば埋もれた聖像たち。修繕されていないせいで、手でさわれそうなほどのノスタルジーが漂っている。

だがこれはおかしかった。プールサイドバーは今夜、もっと遅い時間まで開かないはずだ。マノリはこの食い違いについてシステムをチェックしたが、何も見つけられなかった。ホテルの横の入口の外にパノスのバスが停まっていたので足を止めた。

バスは暗く空っぽで、ドアは閉まっていたが、パノスの姿が運転席に座っているのが見えた。手をふったが反応はなかった。ひょっとすると、マノリが見えなかったふりをして、また小銭を水差しにそっと入れる気かもしれない。マノリは近づいていった。パノスは確かにずんぐりした指で水差しを抱えていたが、特に何もしてはいなかった。途方にくれているようだ。その表情はひややかだった。マノリがドアをバンバン叩くと、ようやくあけてくれた。

「どうした」乗り込みながら訊いた。

友人はすぐには答えなかった。口を開いたときには、返事をするのにすべてのエネルギーを使っているようだった。「もうおしまいだ」と一息に言い、赤ん坊のように水差しを抱え込んだ。

「何が？」そのときマノリは記録の中のツアーバスを思い出した。何もかもふいに辻褄が合った。

「彼はどこに？」

パノスの視線がバーのほうを向いた。一人きりで背中を丸めてスツールに腰かけた人影が見える。マノリはバスを降りた。パノスはマノリの背後でドアを閉めようともしなかった。

マノリは喉の渇きを覚えたが、命運尽きた男の心境でそのまま進んでいった。何によって命運が尽きたのか、もうじき知ることになるだろう。

その男はマノリだった。本物のマノリだ。人造人間のマノリより明らかにやせており、カウンターのいちばん奥に悄然（しょうぜん）として座っている。

入口に立つマノリを見て、彼は言った。「来たのか」

「また会えてうれしいよ」マノリは感情のこもらない声で言った。

人間のマノリはハンカチで軽く額を押さえた。

「この島――ああ、こんなに美しいなんて忘れていたよ」人間のマノリの目は天井の薄暗い明りの下で寂しそうに見えた。

マノリは無表情を装ったが、密かに人間のマノリを観察していた――声の調子、独特の身振り。この男を近くで見るのは久しぶりだ。声が一オクターブ低くなっているし、しわがれてきている。落ちくぼんだ目の周りの皺は、マノリの予想とは違う形で広がっている。

脊柱は習慣により、このずれを修正しなくてはと記憶にとどめた。だがマノリはその必要はないかもしれないと感じていた。

「島は崩壊しかけている」マノリは言った。批判を交えず、淡々とした口調を心がけた。恐ろしく難しかった。

「おまえたちに任せるべきじゃなかった」人間のマノリの声には苦さがあった。ハンカチを頬に当て、残っていた二、三滴の汗をぬぐう。「おれたちは去るべきじゃなかった」

皮膚の下で怒りが煮えたぎり、どんな低温保管庫でも十分には冷やせそうになかった。

もっと深いところで、脊柱がブンブンうなって警告めいたものを発した。

マノリはカウンターの後ろへ歩いていった。何かすることを見つけなくては。

「何か飲むか？」

「トム・コリンズを」人間のマノリは、話を中断できて見るからにほっとしていた。「ありがとう」

トム・コリンズは悪くなかった。マノリ自身も好きなカクテルだ。マノリはいちばん上の棚にある、いちばんいい銘柄のジンとトールグラスを手にとり、脊柱は同意するように軽くうなった。

「ついこないだの地震は実にひどかった。だから計画を早めることにした」人間のマノリの声は今や小さく、ほとんど詫(わ)びるようだった。

「計画？」

マノリの指に、氷の刺すような冷たさが感じられた。彼の皮膚はこんなふうに冷やされて、どこかの分解・リサイクル施設へ運ばれるのだろう。影に包まれた、だれにも気づかれないような施設へ。マノリは包丁に目をやった。

「おれたちを殺すつもりか」手を動かしてカウンターから包丁をとろうとしたが、脊柱が許してくれなかった。両腕は体の脇でぴくりとも動かない。（オレンジをスライスしたいだけだ）マノリは思った。（ただオレンジを）

「おれたちは、自分の生活をとり戻すつもりだ」

脊柱は態度を和らげ、包丁をとらせてくれた。マノリはオレンジをライスペーパーのように薄くスライスして、カクテルを仕上げた。人間とは奇妙な形で物事を表現するものだ。だれも彼らの生活をとり上げてはいない。彼らが進んで手放したのだ。

人間のマノリにグラスを渡した。

「下での暮らしがどんなだか想像できるか」人間の両手は震えていた。酒が少しカウンターにこぼれた。

〝酒がこぼれた〟マノリの脊柱が告げ、きれいにするように促した。

「みんな無感動になったり、乱暴になったりする」人間のマノリは続けた。「だが何より、人間らしくなくなっていく。もはやこんなことを続ける価値はない」

「おれたちを殺すつもりだな」マノリはささやいた。

〝酒がこぼれた〟脊柱がくり返した。マノリは包丁を置いて台ふきんをつかみ、自分でも怖くなるほどの激しさで汚れをふきとった。

自分が小さくなり、物になったような気分だった。もはや彼自身ではなく、人間のマノリの手足、いや、それ以下のもの。

「おれはどうしたらいい」呆然（ぼうぜん）として尋ねた。

「夏の終わりまで待って、全員をちゃんと地下に戻してくれ。そこからはおれたちが引き継ぐ」人間のマノリは赤面していた。これから告げることを恥じているかのように。「冬のスタッフについては心配するな。もう処理した」

「処理？」

人間のマノリは目を合わせようとせず、ただ汗ばんだ顔をもう一度軽く押さえた。マノリは冬のポッドと無言で交信しようとしたが、そこには何もなかった。

気分が悪かった。とっさにパノスのことを、ほかの人造人間のことを思った。生まれて間もない十五歳の少年のことを。そして最後にアミーリアのことを。

彼女の面影とともに夏が始まることはもう二度とないのだ。

夏はもう、二度と始まらないのだ。

体をまっすぐに支える脊柱がなければ、丸められた紙のようにつぶれていただろう。

「おれはおまえを知ってる、マノリ」人間のマノリが彼の肩をぎゅっとつかんだ。その指は皮膚に食い込む鉤爪のようだった。「おまえはおれと同じだ。プロフェッショナルだ」

「ここにいたのね！」

アミーリアが入ってきたとき、二人とも凍りついた。機能停止したレプリカントのように見えることだろう。ほぼ同じ姿の。

アミーリアはプールの端から、人間のマノリがいる席のとなりのスツールまでフロアを横切ってきて、そこに腰を下ろした。肩ごしにとなりの男の顔をのぞき込む。時間の進みがのろくなったようだった。マノリはアミーリアの目に隠された理解のしるしを探ったが、彼女の表情は読めなかった。

人間のマノリは尻ポケットから紙幣を二、三枚出してカウンターに置いた。

「ごちそうさま」くぐもった声で言い、追われているような勢いで出ていった。

マノリは紙幣に目を落とした。もう使われていない種類だ。

「あの人だれ？」アミーリアが訊き、紙ストローを手にとって嚙み始めた。「様子がおかしかった」

「会ったことないっていうのか？」

アミーリアは肩をすくめた。「覚えてる限りでは」

肌がちくちくするような奇妙な感覚があった。別の人間の皮がはがれていき、その下にマノリがいるかのようだ。明晰で鋭い思考の持ち主。目的を持った存在。マノリは息をついた。

「あのね」アミーリアは恥ずかしそうに言った。「さっき、しつこくしすぎたならごめんなさい」

マノリは彼女の手をとり、自分も彼女も納得させようとしてこう言った。「いっしょに行くよ」

マノリは初めて見るような目でフェリーを見つめた。ある意味、初めて見るのだった。今やこのフェリーは本物なのだ。彼が島にひっこんでいるあいだ背景を漂っている、いつもの船の影ではなく、中身の詰まった三次元の船。彼はそれに乗ろうとしている。

「来ないの？」

アミーリアがフェリーのタラップを二、三歩上ったところで足を止めていた。白いつばのある帽子をかぶり、顔の大半が影に隠れている。バスの中にいるマノリには、彼女が不安なのか手持ち無沙汰なだけかわからなかった。アミーリアは右肩にバックパックをかついでいる。手すりで支えているところを見ると、いつもより重いみたいだ。

波止場にはほかの人造人間もいた。ほとんどはバスの運転手やポーターだ。荷物を運んだり、観光客が現在地を確かめるのに手を貸したりと、慌ただしく走り回っている。

「愚行だ」パノスがしわがれ声で言った。それからマノリを抱き締めた。顔をマノリの肩にぎゅっと押しつけたので、人造の皮膚にあざができそうだった。

「人間みたいな、きわめつけの愚行だ」パノスは続けたが、それでもバスのドアをあけてマノリを降ろしてくれた。マノリの腕と胴のあいだには、小銭入りの水差しがしっかりはさまれている。餞別(せんべつ)だ。

「おれたちは人間だ」マノリは言った。だがパノスはすでにバスで走り去るところだった。生きて過ごせる最後の夏をできるだけ楽しむつもりなのだ。

マノリは水差しを少しきつく小脇に抱え直し、タラップへ向かった。

タラップの下端にはすぐにたどり着いた。早すぎる。勇気がくじけるより先に、脊柱がすかさず彼をつかまえた。マノリはあっけなく凍りついた。鋼の像のように腕も脚も固定されて動かせない。脊柱がピシッと鳴って報復を与えた。声を出せる状態なら、痛みに悲鳴をあげていただろう。

〝フェリーへの接近は認められない〟

人造人間たちがこっちを凝視しているのがわかった。一部の人造人間は船まで荷物を運ぶのを手伝っている。だが、手伝いが要らなくなると、一瞬もぐずぐずせずに島へ引き返す。もちろん戻ることを選んでいるわけではない。戻らざるを得ないのだ。人造人間の存在を外の世界に知られてはならない――町の人々が帰ってきて、人造人間などとるに足らないと言わんばかりに、すべてをとり戻せるように。

「急いで」アミーリアが言った。そのあとは無言。一インチも動かない。彼女が息を詰めているのを感じた。

マノリは自分の足を見て、海とその先の水平線を見て、アミーリアに視線を戻し、また自分の足を見た。足は無力だった。背中を向けて彼女を置き去りにするしかない。

まったくの愚行、とマノリは思った。

「急いで」アミーリアはもう一度言った。「これ……わたしには上まで運べない」

マノリは彼女を見た。もう顔は影になっていない。その顔ははっきりと鮮やかに見え、彼女はマノリと目を合わせていた。

それからアミーリアは言った。「助けて、お願い」

マノリは目を見開いた。何かが起きている。変化が。それはかすかな木霊（こだま）のようだった。彼のソフトウェアにどうやってか刻まれた、記憶ならざるもののようだった。マノリの脊柱がついに沈黙した。

凪（なぎ）とはこのようなものなのだ。マノリは二、三歩、用心深くタラップを進んだ。アミーリアが彼にバックパックを渡したとき、その目は涙にうるんでいた。

「おれが運ぶよ」

〝助けて〟〝助けて〟二人がフェリーに乗るまで彼女はそう言い続けた。〝助けて〟と、タラップが引き上げられるまで。〝助けて〟と、エンジンがかかるまで。〝助けて〟と、波止場の人造人間たちの顔がピンの大きさになるまで。だが彼らの目はまだ、遠くからマノリを追いかけていた。

それはシステムの安全装置だった。マノリが島を離れられるのは、そうするしかない場合だけ、人間が助けを必要としている場合だけだ。ことによると、海で何かが起きるかもしれないし、ついに壊滅的な地震が来るかもしれない。マノリは人間を安全な場所まで運ぶことができねばならない。大事なのは人間であってマノリではない。

むろんこれは長くは続かない。おそらく蝶の島にはたどり着けないだろう。追跡システムが彼の位置を把握し、現実の脅威はないと確認したら、恐ろしいことが起きるに違いない。脊柱脳がマノリの機能を停止させ、命を奪うかもしれない。あるいは何らかのセーフティネットがマノリの頭脳を消去していき、彼が存在したという記録が見つからないようにするかもしれない。

だがマノリにはまだこの体があった。スチールの骨格と生物工学によって生み出された皮膚。これだけでれっきとした証拠になるのではないか。そして彼はすでにアミーリアと船に乗っている。十分遠くまで行ったら、彼をどうしたらいいかアミーリアが知っているだろう。

アミーリアのことは信頼しているが、彼女にはありとあらゆる質問に答えてもらいたかった。それでもマノリは脊柱がまた目覚めるのを恐れて何も言えなかった。

「もう話せる？」アミーリアがかたわらにいた。彼女が帽子をとると、海をわたる風に髪がかき乱された。こんな彼女の髪を見るのは初めてだ。

「何について？」マノリはほほえんだ。このときの笑みは自然と浮かんできた。

アミーリアはうなずいて水平線を見た。

「見える？」水に浮かぶ緑のおぼろなかたまりを指さす。「あそこに行くのよ」

マノリは海の泡と空のあいだにある、ぼんやりとかすんだ点に目をこらした。この瞬間の記憶が頭の中で形作られていくのをすでに感じていた。みずみずしく、鮮やかに。誕生時の記憶をかすませるように。

アバコス

リナ・テオドル――市田 泉 訳

ディミトラ・ニコライドゥ、ヴァヤ・プセフタキ 英訳

Abacos by Lina Theodorou

Translators from Greek: Dimitra Nikolaidou, Vaya Pseftaki

午後二時十五分、家族とのランチ：あなたはワークスペースから離れていない。
製剤456：今日は酔いたい気分。
コード376：村のイースター、新鮮な野菜つきの十日間の肉食断ちを、半額で特別にご提供。

ジャーナリスト：当初は市場に対する重大な脅威と思われていましたが、結局のところ、アバコス社の技術は市場の形態を変えただけでした。思えば、すべてはアルコール依存症への革新的な治療法として始まったのですよね？

アバコス社の担当者：そのとおりですが、それだけではありません。長いこと、ベジタリアン向けの製品は模造品でした。消費者は肉抜きのハム、風味をつけた亜麻仁(あまに)でできたステーキを買っていました。ある製品が市場で支持を得るには、はっきりしたブランド戦略が必要でした。完全な合成食もさほど成功してはいませんでした。味気(あじけ)ないうえに、健康への悪影響も懸念されていたからです。

ジャーナリスト：長年のあいだ、食にまつわる自由な選択を求める運動は、派閥間の激しい争いにつながっていました。そして複数のことが同時に起こりました。一方で世界的な食糧不足が発生し、もう一方で脳の化学構造についての新たな発見がありました。

アバコス社の担当者：繁栄の副産物としての豊かさは、どう考えても、人類の文明において重大な価値を持っています。そして、そう、実際のところ、もはやだれ一人、欠乏を味わうことはありません。正しい服用、それだけでいいのです。そのうえ、今残っている食糧は、自然なものではないか、博物館に並ぶようなものばかりです。そうでなかったとしても、昨今では食物を摂取できる歯や胃袋など、だれが持っているでしょう？

ジャーナリスト：大半の製剤はまだ高すぎると抗議する人が大勢いますが、その人たちに何か言いたいことはありますか。

アバコス社の担当者：率直に申し上げましょう。価格とは大幅に変動するものですが、市場にはだれでも手が届くさまざまな製品があります。ただし、フェイスクリームやサービスについてはこの限りではありません。それでも、長所に目を向けてください。われわれの文化や特殊な嗜好（しこう）に関する限り、もはや不足ということはないのです。すべてはわれわれの自由になるのですから。飲み薬があいかわらずいちばん人気ですが、注射、膏薬（こうやく）、座薬などといった選択肢もあります。

ジャーナリスト：ファーマーズ・マーケットやスーパーマーケットをドラッグストアで置き換えると、当初は非難されましたね。

アバコス社の担当者：形の上での違いはありますが、得られる経験はまったく同じです。必要なのは、適切な場所で適切な製剤を服用することだけ。当初から、アバコスのフード技術の迅速(じんそく)な普及につながる決め手は、デバイスの設置と起動がきわめて容易な点にありました。デバイスが物理的に存在しないと、肉体と処方フードは相互作用を起こしません。

ジャーナリスト：過剰摂取の問題にどう対処してきたのか、コメントをお願いします。

アバコス社の担当者：アルコール製剤の場合、肝臓は影響を受けませんが、知覚的経験は実際に酒を飲むのと変わらず、いちばん重要なことに、二日酔いが残りません。

ジャーナリスト：それでも、常に酔っぱらっていることもできるのでは？

アバコス社の担当者：製品の価格自体が予防策として働きます。さらに、製品コードにも安全弁が組み込んであります。これは本物のアルコールではできないことです。週ごとの飲用上限が設けてあり、余分に摂取しても、その効果は大いに軽減されるか、最小限に抑えられます。同じ対策が食品の過剰摂取についてもとられています。

ジャーナリスト：そうした安全弁を当然のごとく無効化した非合法製品が出てくるのは避け難いことでしたが、どのように対処されますか。

アバコス社の担当者：ええ、その問題は今でも起きていますが、より厳しい法律の導入により、違反者の割合は大幅に減少しています。減少のもう一つの要因は、製剤の効果が常に、現実の空間に置かれた、薬と同じくらい重要なデバイスの助けによって発揮されることだと思います。デバイスの助けがないと、製剤は一種の圧縮宇宙食のように、生物的欲求を満たすだけのものになります。家でもレストランでも、開かれた場でも閉ざされた場でも、提供される経験には最初から限界があり、それを超えるのは比較的難しいのです。一方、当然ながら、非合法の会場も……

ジャーナリスト：それでも、料理人のいないレストランに行くのは、つまらないと感じる人がたくさんいます。

アバコス社の担当者：基本的に、それほど大きな変化は起きていないのです。あらゆるスタッフが工程に関わっていて、主な違いは生(なま)の素材を使っていないことです。技術は進歩を続け、食べ物や、それを楽しめる仮想空間に関するすべてのデータが記録され、しかも互いに絶えず結びつけられています。なくなった職業は皆無ですし、逆に、何千という新たな職業が生み出されました。そして、いいですか、おいしく食べる経験を構築するというのは、容易な仕事ではないのですよ。

ジャーナリスト：アバコス社の技術が、当初は食糧不足から広まったものの、瞬(またた)く間に新たな芸術の形態へと進化したことについては、どう説明されますか。

アバコス社の担当者：地中海には昔から豊かな料理の伝統がありました。当初は、わが社の技術がこの地域で抵抗なく広まるのは、もっと難しいだろうと思われましたが、結局のところ、われわれの過去のおかげで、われわれの高い美意識と文化のおかげで、わが社はこの分野のパイオニアとなりました。ギリシャのシェフの高いステータスが、特に海外のシェフと比較したときに、そのことを雄弁に語っています――ギリシャのシェフは製薬所での仕事をほとんど独占しています。

ジャーナリスト：確かに、観光業におけるわれわれの過去の経験が、この場合役に立ちましたね。穏やかな気候と海を別にすると、ギリシャの主な魅力の一つは常に、すばらしい食事でした。ですが最近、昔ながらの小さな食堂(タヴェルナ)が、とりわけ失われていますね……

アバコス社の担当者：タヴェルナは失われましたが、同時に失われていません。今やわれわれはバーチャルな環境を形成できますから、シベリアにいようとも、タヴェルナに入ることが可能なのです。シミュレーションはきわめて融通がきくため、その経験を一人きりで味わう必要さえありません――なにしろバーチャルな環境は、社会環境に合わせて形成することもできるのです。仲間とともに食事する喜びは奪われません。

たとえば、今の状況はすばらしいと思いませんか？　製剤３４８７を服用したわたしたちは、この雰囲気あるコーヒーショップで、二杯のカプチーノと二個のおいしいチョコレートケーキを味わっていますが、実際はそんなことは起きていなくて、二人ともカリツィ広場のベンチに座っているのです。それでも、わたしたちの頭の中では、そのすべては現実であり、何一つ欠けていません。すでにカフェインのおかげで頭は冴(さ)えていますが、砂糖による血管へのダメージはありません――とはいえ現在、わが社はできるだけ高いクオリティの追求に、少々費用をかけすぎたかもしれないと……

いにしえの疾病（やまい）

ディミトラ・ニコライドウ

――安野 玲 訳

Any Old Disease by Dimitra Nikolaidou

初めて漏失症を目の当たりにした新任女性医師の、恐怖のにじむ声——アーダにとっては馴染みのものだった。新人の呼吸が落ち着くのを、アーダは待った。

「この男性はこのまま衰弱する」ゆっくりと全身を蝕まれている漏失症患者に視線を向けたまま、アーダはいった。男性はすでに視力を失い、紙のように薄くなった皮膚は染みだらけだ。「何年もかけて衰弱していくの。残っている感覚は鈍麻が進んで、臓器の機能が低下して、最終的には死にいたる。ここの医師は、漏失症と呼んでいる。正確にどこが悪いのか、原因はなんなのか、どうしたら進行を止められるかということについては——ええ、この研究所では、まさにそれを突き止めようとしている。あなたに来てもらった理由もそれ」新人にじっくりと考えてほしくて、アーダは言葉を切った。この一瞬が運命を分ける。踏みとどまって毎日恐怖と向き合う気があるか、逃げ出して酔っ払って忘れるか、この瞬間に決まる。

年下の女性は腕組みして、まだガラスの向こうの男性を見つめている。これまでのところ、かつてのアーダよりもよほど冷静に事態を受け止めているように見えた。

「なんとしてもこの疾患の治療法を見つけてみせます」ついに若い女性はそう答えた。アーダは無意識に詰めていた息を吐き出した。この新人のことは最初から気に入っていた。その他おおぜいの新人と同じ道を選んでいたら、きっと落胆したことだろう。

新任医師の名前はキュベレーといった。彼女が留まる決心をしてくれたので、アーダもようやく相手との距離を縮める気になった。二人は無言のまま、研究所内の展望テラスまで直行するガラスのエレベーターに乗り込んだ。テラスに出ると、ちょうど雪に覆われた山並みを血の色に染めて日が沈もうとするところだった。

いつもながら荘厳な眺めだ。もっとも、キュベレーからはなんの反応も引き出せなかった。彼女はさっきから手にした飲み物を見つめるばかりだ。

「そのうち慣れるから」しばらくして、アーダは沈黙を破った。

キュベレーがこちらに目を上げ、唇をひらきかけてから、ふたたびカップに視線を落とす。彼女の顔にはまだショックのあとが刻まれていた。日焼けした肌も今は灰色にくすみ、今朝は好奇心で緑にきらめいていた目が落ちくぼんでいる。

アーダはそれ以上は声をかけず、思いに沈むキュベレーをそっと見守った。漏失症で死んでゆく患者を目の当たりにすると、人は言葉を失う。きわめて緩慢に進行する皮膚の乾燥や弛緩、毛髪の色素脱失といった肉体的変化については、なにも騒ぐほどのことはない。しょせん、病というのは見ていて楽しいものではないのだ。そうではなくて、漏失症にはどこか不気味なところがある――皮膚の下でささやくような、良識が逃げろというのに引き止めるような、そんな非論理的な恐怖を感じさせる。とはいえ、この研究所で働く者にとって、良識は長所とはいえない。

「すみません」やっとキュベレーが口をひらいた。「覚悟していたつもりだったのに」

「これは既知のどんな疾患ともちがう。急に見せられたら誰だってそういう反応をする。焦らないで」

キュベレーはうなずき、周囲の景色を味わうように眺めてから、やっとアーダに視線を向けた。

「患者は自分の状態を理解しているんですか？」

「最初はすべて理解している。でも、最後にはなにもわからなくなってしまう」それを恩恵と見なす者もいる。アーダはそうは思わなかった。

「この疾患のことが研究所の外であまり知られていないのはどうしてでしょう？」キュベレーが尋ねた。「ここへ来る前に調べようと思ったら、ほとんどなにも見つかりませんでした。曖昧な脚注が二つ、三つと、結果の出ていない古い症例研究が一つだけで」

アーダは肩をすくめた。「まあ、稀少疾患だしね。原因もわからないし、治療法もない。患者は全員ここに搬送される。いまだに感染経路がはっきりしないから、可能なかぎり隔離しておくことにしたの。それに、当面は判明したことを公表しないでおきたいし」

「どうして？」

「研究所の方針。黒猫の魂みたいに不可解だけど」

漏失者を目にしてから初めてキュベレーの目に光がもどった。「そういえば、この研究所の資金はどこから？　ずいぶん設備が充実しているようです」

　アーダはカップのコーヒーに口をつけた。「所長がうまいこと政府の契約を取り付けてね、何年前かわからないぐらい大昔に。つまり、うちは保健省のいいなりってわけ。でも、きっちり働けて、二期毎に資金繰りに奔走しないですむのは救いかな」

　キュベレーはしばらく口をつぐんでいたが、やがてアーダを真似て肩をすくめた。キュベレーはもう少しくつろいで椅子に体をあずけると、「それは？」と、アーダのつややかなクロームとマット加工カーボンファイバーの左手を見やった。「ここでの仕事中に？」

「これ？　ああ……ちがうちがう」アーダは金属の指を折り曲げてから、ふたたび伸ばした。「ニューパリの地雷でやっちゃって」手を持ち上げると、指が沈みゆく夕日の最後のきらめきを捉え、銀色がとろけるような深紅に染まった。「もちろんもう外科医はやれないけれど、海賊の手鉤よりはましでしょう？」

　キュベレーが笑い声を立て、アーダはほほえみかえした。この話をするとかならずチリチリと皮膚が焙られる感覚が呼び覚まされる。ともあれ、口に出されない疑問を感じ取って、アーダは話をつづけた。

「医学部から集められたボランティア全員で、瓦礫のなかの生存者の捜索に入ったんだけどね。ルーヴルの爆破漏斗孔まで行って、通り抜けるルートを探しているとき、ガイドが足をすべらせて。転んだところが地雷原のまずい場所だった」

　今のところ話せるのはこれが精一杯だ。あと二、三百年もたてば残りの部分も話せるようになるかもしれない——耳が聞こえなくなって炎と破片のなかを吹っ飛んだこと、着地したのが親友の遺体の上だったこと、マイロとアンウリが引き離してくれて数秒後に失神したこと、それからのいろいろなこと、全部か一部かはわからないが。とりあえず、アーダはふたたびカップを口に運ぶだけにした。

「わたしが医学を志したきっかけって、身体機能を補う補装具なんですよね」キュベレーが話題を変えた。察しがいい。医師には必要な資質だ。「みんなはわたしが歴史学者かジャーナリストか、とにかく、過去を掘り起こす仕事につくと思っていたようですが。大洪水以前はこの世界に百億人も暮らしていたのに、その歴史は今ではすべて失われてしまったでしょう？　誰かがそれを見つけないといけない。わたし、自分がそれをやりたかったんです。でも、最終的には補装具製作の技術にすごく感動して、自分がやるのはこれしかないと思って」

「補装具はあの人たちの役には立たない」アーダは地下にある研究病棟のほうへうなずいてみせた。あそこでは漏失症が患者の命を奪いつつある。「なんの役にも立たない」

「患者はああやって衰えていくだけだと？　そのまま亡くなってしまうんですか？」

アーダはうなずいた。「あなたも、初めて担当する患者には執着することになるんでしょうね。だめとはいわない。みんなそうだったから」

キュベレーは返事をせず、もう一口コーヒーをすすって、唇を引き結んだ。指に緊張が見て取れる。心をひらいてくれる気はなさそうだが、まあ、たいした問題ではない。孤絶した山のなかで、どこの村からも何キロも離れていれば、誰でもいずれは打ち解けて、ありのままの自分を見せるしかなくなる。

なにしろ、時間ならいくらでもあるのだ。

研究所はガラスの箱やパネルやドームから成る建物群で、日中は可能なかぎり光を取り込めるような構造になっていた。だが、漏失者は地下で守られている。彼らはきわめて虚弱で、体温が低い。おかげでアーダは、凍った地面の下で一日の半分を彼らとともに過ごさなくてはならない。そうしてシフトが終わるたびに、高山の冷え込みがどんなに厳しかろうと、一分でもいいからと、息を吹きかえすためにかならず透明な壁の外に出る。

「新人の調子はどうだ？」

エレベーターが展望テラスに向かって動きはじめると、さっそくマイロが口をひらいた。アーダがキュベレーと初めて上でコーヒーを飲みつつ言葉を交わしてから半年が過ぎ、日はずいぶん短くなっていた。テラスに出たときには太陽はもう沈んでいたが、あいかわらず素晴らしい景色だった。雪の彫刻のような山並みにきらきらと星影が映っている。

「たいていの人よりよくやってる」アーダはいった。背後で音もなくエレベーターの扉が閉まり、二人はそのまま数分のあいだ心ゆくまで夜に浸った。山もこれほど高いところだと、静寂を破る野生の生き物もいない——自分たちのゆったりした呼気だけが、今日という日とともに流れ去っていく。「飲み込みが早い。患者のそばでも動じないし、考えさせられるよ

「もうじき、エドウィンなんかが〝漏失症とはどんな症状なのか〟を知ろうと、じっさいに質問してくる。というわけで、ほんとうにいるんだよ。とにかく愚かしいような質問もいくつかしてきた」

マイロが笑い交じりに茶化す。「動じない？　ほんとに人間かね」

「やめてよ」しばらくのあいだ、アーダは雪の山並みから視線を離さずにいた。吐く息に何度か言葉を乗せようとして、けっきょく一言も唇から押し出さずに終わった。「……どうやっているのか、わたしもコツを知りたいぐらい。みんなあの病気が怖くて、そのせいで研究が進まないんだから」

「だよな。うん」マイロの口調に剽軽さはもううかがえなかった。「ぼくたちにできないことがあの新人にできるなら、ここでいっしょに仕事ができてラッキーってものだ。とにかく……自分が彼女になれないことに自責の念を感じることはない」

自分に対する怒りは霧散して、アーダは溜息をついた。「わかってる。ただね、キュベレーを見ていると、そもそもどうして自分がここと契約したのか思い出してしまう。彼女の漏失者との接しかた、ここに来たばかりのころのわたしそっくりで――なのに、最近のわたしは意地で仕事をつづけているだけな気がする」

「世の中にはいろんな人間がいる。思いやりがあるのも、意地っぱりなのも、病的なまでにのめり込むのも、それから、契約に縛られてここから出られないぼくたちみたいなのも」マイロは目を閉じて、気持ちよさそうに伸びをした。「きみの焦りがわからないわけじゃない。ときどき、どんなにがんばっても堂々巡りしているだけなんじゃないかと感じるからな」

「ほんとにね」シフト後に仕事の話をすることは禁じられていた。漏失症と向き合う八時間はただでさえ消耗する。そのうえ、ときには特にきつい日もある。今日などは、最高齢の女性患者が治療の継続を拒否した。あと数日のうちに、あの患者の白濁した目は永遠に閉ざされるだろう――彼女の命は地球の中心の闇のなかへじわじわと吸い込まれていくのだ。

アーダの口からわれ知らず言葉がすべり出た。「仮に……仮にだけど、真相を突き止めさせないように仕組まれているとしたら？」

「なんだって？」

「はぐらかさないで。いわせてもらうけど、この話は前にもしてるから。ここの研究ファイルは何冊か抜けがある。通し番号が付いているからわかる。ほとんどが昔のものだけど、それでもよ、どうしても答えが欲しいなら、たとえ一冊でも隠すのはなぜ？」

マイロがアーダを見つめた。一瞬、星のまたたきが止まった気がした。

「ということは、キュベレーにやらせているのはきみか？」マイロはいった。

「やらせているって、なにを？」

「こそこそ嗅ぎまわったり。過去の研究を相互参照したり。あれはきみが？」

「まさか。そんなわけないでしょうが。それ、いつの話？　どうしてわたしが自分の調べものをわざわざ新人にやらせるわけ？　ずっと前からここにいるのに」

「すまない」マイロは髪をかき上げた。「きみは過去に何度もファイルの抜けの謎を問題にしていた。なのに、所長はそれが示唆するものに一度もまともな反応を見せない。だから……」

アーダは待ったが、マイロは口をつぐんだままだった。「だから、わたしが新人を焚きつけて代わりに嗅ぎまわらせたと？」そういって、アーダは腕組みした。

「まあ、ぼくがきみでも同じことをしたかもな。所長の監視の目を逃れるためなら、どんなことでもだ。気づいてたか？　所長は一カ月前からオフィスのドアに鍵をかけるようになった。おまけに、これといった理由もなくぼくたちのアクセスコードを半分無効にした。一週間前には警備員の数も増やしたようだ――フェンスの外に何人か新顔が加わっていた。日に日に被害妄想がひどくなってるんじゃないかね、あの人は」

それにはアーダも気づいていたが、マイロに対する怒りはまだおさまらず、彼の言葉に答えはかえさなかった。


このちょっとした言い合いから三カ月、山の上にも春が訪れた。この時期、三階のカフェテリアはいつも朝早くから満席になる。皆シフトで地下に行く前に一瞬でも日射しを味わうチャンスを逃したくないのだ。アーダは浮かれたざわめきを予想して身構えたが、カフェテリアに足を踏み入れたとたん、話し声がぴたりと止んだ。おしゃべりはすぐに再開されたが、ちらちらと横目の視線が飛んでくる。

マイロだけがまっすぐアーダを見ていた。そちらのテーブルに行こうとすると、彼はそれとなく窓のほうへ顎をしゃくった。一瞬マイロを見つめてから、アーダは窓に歩み寄って、ガラス越しに外を見た。

ゆうべわずかに積もった雪が陽光に溶けかけている。キュベレーがそこにいた。両手ですくった綿雪を、男性患者に見せている。新人はかならずといっていいほど執着し、バカなことをしでかす。アーダは小さく溜息をついた。新人はかならずといっていいほど執着し、バカなことをしでかす。漏失者は——患者は——見た目どおり虚弱だ。地下病棟から連れ出してもなんの益もない。あの男性患者は末期にしか見えない。冷たい空気のなかで話をするだけでも肺には負担だろう。とはいえ、ここのスタッフ全員がキュベレー同様、着任したての時期にあの手のことをしでかした経験がある。キュベレーとはあとで話をしよう。

アーダは窓に背を向け、そのとたん所長の足を踏みそうになった。

ふと気づくと、いつの間にかカフェテリアは静まりかえっていて、それぞれ自分のカップを見下ろしたまま耳をそばだてていた。

「見たまえよ」所長が暗い笑みを浮かべて口をひらいた。アーダより頭一つぶん背が高い所長は、氷のようにとらえどころがない。「勇気があるじゃないか」

アーダは返事をしなかった。キュベレーが顔を上げる。所長はそれに気づいたそぶりも見せず、カップを口元に運び、けっきょく飲もうとしなかった。キュベレーが患者のほうに向きなおる。世界に存在するのはこの患者だけだといわんばかりだ。

ふたたび雪が降りだして、外の二人を包み込んだ。

「コツはなに？」

「なんのコツですか？」何歩か先を歩いていたキュベレーが、立ち止まってアーダを振りあおいだ。二人は雪に覆われた斜面を下っていくところだった。

「患者のそばでも落ち着いていられるコツ」キュベレーが黙り込む。アーダはそのあいだに追いついた。二人はしばらくのあいだ遠くを見はるかした。視線を下げれば、羽毛のような薄い雲の下は麓の谷だ。古い教会の塔のとんがり屋根が、てっぺんだけ顔を覗かせている。おそらく三千年前に泥に埋もれたのだろう。ここから見える範囲では、大洪水が旧世界を呑み込んだ、あれが唯一の証だった。

「コツなんてべつにありません」キュベレーがやっと口をひらいた。「だって、そうでしょう？　けっきょく、ふつうの病気と同じです。患者のああいう状態に慣れて、そうしたら治療に進む」

「確かにそう。でも、わたしたちはみんなその境地にたどりつくまでもっとずっと時間がかかった」

「それ、いつもいわれるんですよね。ひょっとしてわたし、患者に負けず劣らずここのスタッフを怖がらせてます？」

「ええ、そのとおり」アーダはいった。キュベレーが驚いた顔でこちらを見上げる。アーダは肩をすくめてみせた。数秒の間があってから、二人は声をそろえて笑いだした。「ただし、いつもあの所長をいらいらさせてやってるところは点が高いかな」

「そんなつもりはありません」キュベレーはいった。その口調に気圧されて、アーダはつづけようとした言葉を押し込めた。最近は「所長」と口に出すだけで暗い影が落ちるような気がする。日射しが急に翳りはじめ、それでなくとも不安が募った。

「ところで、出身はどこ？　今まで聞いたことなかったけど」アーダは話題を変えた。蹴飛ばした斜面の石が、音もなく転がり落ちていく。

「ギリシャ北部です。巨大ウインドファームのあたり。行ったことあります？」

「ううん、まだ。研究所を退職したら行ってみようかと」

「退職後の〝やりたいことリスト〟があるんですね」

「というわけでもないんだけど。ここを辞めたあとなにがしたいかなんて、まだわからないし。三十年ぐらいお日さまの下で釣り三昧かもね。まあ、今すぐ契約が終了するわけでもないから」

「辞める人はいるんですか？」

アーダは返事をためらった。一人もいないと声に出していうのはなんとなく憚られた。とにかく、やるべき仕事はあるのだし、それに、久しぶりの外はなんだか心細くて騒々しかった。キュベレーはまだこちらを見つめていたが、ふと目を逸らすと、ぽつんと突き出た教会のとんがり屋根に突き刺さるように沈んでいく夕日を見やった。

「さ、もう少し歩こうか」アーダはいった。「あまり時間がないわ」

　真夜中、数発の銃声に眠りを破られた。

　アーダは目をあけた。今の空気を引き裂く乾いた音に、跳び上がるほど驚き、大騒ぎしても不思議ではなかった。だが、枕元のライトに手を伸ばしながら、彼女は自分の悟ったような気持ちに気づいた――そう、半年前、キュベレーが患者を雪のなかに連れ出して以来、なにか大変なことが起こりそうだという予感はあったのだ。長いあいだ一つところで暮らしていると、変化の兆しを読み取れるようになる。

非常ベルは鳴らなかったし、赤い警報ランプも点滅しなかった。銃声を一度も聞いたことがなかったら、あの音を遠くの雪崩だと片づけて、また眠ってしまったかもしれない。とにかく、今は迷っている場合ではない。アーダはベッドから出て着替えると、上に白衣を羽織った――いささか心許ない防具だ。

ドアを細くあけて、廊下の向かい、キュベレーの部屋のようすをうかがう。

ドアが半開きで、なかには誰もいなかった。デスクの上のラップトップもなくなっている。そちらに行こうとしたとたん、廊下の角から武装した黒い制服の男があらわれた。心臓が止まりそうになる。研究所の警備員は通常は武器を携行しないし、少なくともアーダがここで働くようになってからはこの本棟に足を踏み入れたことがない。この男は軍人だ。外部の人間だ。

「大丈夫ですか、ドクター」男が足を止めて尋ねた。

「なにかあったんですか？」

「心配ありません。部屋にもどってください」

「患者のようすを見にいかないと」キュベレーは同僚の誰よりも漏失者たちと親しかった。

病棟に行けばなにか答えらしきものが見つかるかもしれない。兵士には積極的に止めるつもりもないようだが、問題は銃だ。武器は口では語れないことを語る。「不安や興奮を与えるのはよくないですから、誰にとってもね」

確かにこの男は銃を持っている——だが、漏失者がまとう忌まわしいオーラにはつねに一定の効果があると信じていい。

思ったとおりだった。「わかりました、ドクター。下へ行ってけっこうです。同行します」

アーダはうなずくと、地下病棟の入口めざして歩きだした。兵士は一歩後ろをついてくる。埃(ほこり)一つ落ちていない廊下に、ブーツが泥だらけの足跡を残す。地下におりたら追い払えるかと淡い希望をいだいていたが、もちろん、そううまくはいかなかった。自動アコーディオンドアがひらいて、二人は病棟内に足を踏み入れた。

ガラスの壁の向こうにいる患者の姿を目にして、ついてきた兵士が息を吞む。この動揺の一瞬が唯一のチャンスだ。アーダはすばやくガラス張りの隔離室に入って、兵士が気を取り直してついてくる前にドアを閉ざした。背後でドアがロックされる。自分がどれほどの規則違反行為をしようとしているか、この男に知られないよう祈るのみだ。

アーダはベッドサイドに膝をつき、上掛けにくるまった男性患者にささやきかけた。「わたしはキュベレーの友人。彼女を助けたい。お願い、事情を知っているなら教えて。キュベレーは無事？」

目の前の男性は最高齢患者のうちの一人だった。髪の毛はずいぶん前に抜け落ちて、紙をくしゃくしゃにしたような皮膚は染みだらけだ。彼は眠っていなかった。漏失症は発症後しばらくたつと患者の眠りを奪う。変形して曲がった指が胸元まで覆う上掛けをしっかりと握りしめていた。この段階の患者は、気温に関係なく、つねに寒さを訴える。

気づけばアーダはいつの間にか身を乗り出して、くしゃくしゃの皮膚に鼻を埋めそうになっていた。この疾患特有の誘引力だ。抵抗するにはこれまでの経験と訓練のすべてが必要だった。上掛けに触れてしまった指先を、アーダは患者本人に触れないように慌てて引っ込めた。

「脱出できたか?」患者が問いかえした。調子外れのかすれた声――最もたちが悪いのがこれだ。地の底から響いてきて、嫌でも引き寄せられ、耳に染みつく。

「キュベレーが、ということ?」アーダはささやきかえした。患者がこちらを見る。「わからない。でも、わたしは友人なの。今どこにいるか知っている?」

「先生のことは知っている。あの子と外にいたとき、カフェテリアからこっちを見ていた。何カ月も前。あの子が雪を見せてくれたとき」

アーダは答えなかった。苦しげな息遣いが時を刻む。

「あの子は黒い教会が好きだった」やがて、患者はいった。「あそこに沈む夕日を見るのが好きだった」

アーダはさらに少し待ったが、患者の口からは息が漏れるばかりだった。漏失者は会話を切望するが、会話は彼らを消耗させる。答えが欲しいのはやまやまだが、そろそろ誘引力に逆らうのも限界だ。アーダは立ち上がると、白衣のしわを伸ばしながら隔離室を出た。

通路では、兵士がすがるように銃を握りしめていた。嘔吐するまいとこらえているらしい。生まれて初めて、アーダは一かけらの同情心もいだけなかった。

「あれは……あの人は……？」

「回復するかどうか？　どう思います？」そういいながら、アーダは兵士のそばをすり抜けてさっさと階段へと向かった。

「生まれつきあんな……？」

アーダの胸にも、やっと相手に対する憐れみのようなものが湧いてきた。彼女はペースを落として、一呼吸置いた。「非常に珍しい疾患です。心配ありません――発症は一千万人に一人以下の割合だから。朝一番で、ここのドクター・キラに診てもらって。このことを話すといいわ。忘れる手助けをしてくれますよ」

この気遣いに恥じ入るように口を閉ざした兵士を伴って、アーダは病棟をあとにした。

翌日の朝食の席では、いつもの複数の小グループが一つにまとまって巨大ヒドラのようにうごめいていた。アーダは同僚たちの気詰まりな顔を予想しながら、カップを手にしてカフェテリアに足を踏み入れた。だが、そこは全員ずいぶん長いつきあいなだけあって、誰もが目を輝かせながらさっそくアーダを取り囲んだ。

「もう聞いた？」

「わたしが聞いたのは銃声だけ」その言葉を信じる者は誰もおらず、つづきを待っている。

「わかった。さしつかえなければ、誰か恐ろしいニュースでわたしにショックを与えてくれない？」

マイロが湯気の立つカップを持ったまま進み出た。「キュベレーならいない。警備員がきみに事情を訊きにいくと思っていたが、まだ？」

きみに事情を訊きにいく——奇妙な言葉の選択だ。

「キュベレーが逃げたってこと？」心臓が跳ねまわるのを感じたが、同僚たちの好奇心を満たしてやるつもりはなかった。「この騒ぎはなに？　ここに耐えられなかったのは彼女が初めてじゃないでしょうに」

「耐えられなかったんじゃない。逃げたんでもない。所長のオフィスに侵入した。計算しつくされた、プロの手口で」

アーダは驚いて同僚たちを見つめた。返事を待って、同僚たちもこちらを見つめる。

「なにか盗ったの？」

「もちろん所長はなにも教えてくれない」とマイロ。「でも、きっとそうだ。キュベレーは川をめざして下山する途中で捕まった。ボートが待っていたって話だが、迎えにきたやつは、彼女が警備員に捕まったとき逃げたらしい」

「キュベレーは今どこ？」

「夜明けに政府のヘリコプターで連れていかれた」

「政府の？」

かすれた声に、一同が静まりかえる。アーダはカップをテーブルに置くと、カフェテリアをあとにした。ありがたいことに、同僚たちは彼女の意志を尊重し、引き留めようとはしなかった。やがてアーダの部屋に兵士数人があらわれて、意味のない質問で攻め立てた。


「まだ彼女のことを考えてるのか？」

「わかる？」

キュベレーが連れ去られてから半年になるが、マイロはアーダのことをよく知っていた。

「少なくとも、所長はもうきみのことをおかしな目で見なくなった」

「当然でしょう？　キュベレーを雇ったのは所長なんだから。だいたい、わたしの下についたのだって所長の判断。わたしが彼女の計画に関わっていたわけでもあるまいし」

マイロはうなずいて椅子に背をあずけた。まだ腹を割って話せる時期ではない。二人ともそれを承知していた。

アーダは立ち上がった。「ちょっと歩いてくる。夏の名残(なごり)を味わいたい」

マイロが行ってこいとカップを上げる。アーダはほほえみかえしてコートのボタンをかけると、ガラスのドアから外へ出た。この五カ月というもの毎日散歩に出ているので、とうとう警備員もつけまわすのをやめたし、誰もが彼女の新たな習慣を当然のものとして受け入れるようになっていた。今日にかぎっては、アーダは山頂をめざす代わりに、回れ右して、長いあいだ避けていた下りの道を歩きだした。

「黒い教会」へとつづく道だ。

いうまでもなく、教会自体はとうに存在しない。はるかな昔、大洪水が旧世界を押し流す前でさえ古いと見なされていたはずの教会の塔の屋根だったもの、というべきだろう。建物のほかの部分は泥に埋もれ、雹や落石にも耐えられる造りだったおかげで壊れなかった塔のてっぺんだけが地表に突き出して、黒ずんだタイルを陽光にきらめかせている。

しばらく探しまわったすえに、ようやく苔が乱れている箇所を見つけた。アーダはかがみ込んで、その部分に沿って義手をすべらせた。タイルがそっくり剝がれ落ちて、露をまとったブリキが陽光を捉える。箱が隠してあった——キュベレーのランチボックスだ。

メタルの指で力を込めると、蓋は簡単にあいた。なかに納められていたものは二つ——埋もれた教会に劣らず古びてカビ臭い本が一冊と、メモリースティックが一つ。アーダはまず分厚い本を手に取って、饐えたにおいを吸い込まないように気をつけながら、歴史を背負ったページをそっとめくっていった。手書きの文字は読みにくかったが、なんらかの記録簿だということはわかる。三千年前の大洪水に呑まれるまで長いあいだこの下数百メートルのところに存在していた小規模な村の住人の、出生と死亡の一覧だ。

ただ、記録されている内容がどこかおかしい。まず、この村で誕生した者の全員が最終的には死亡しているとしか思えないのだ。しかも、いずれも短命だ。七十。八十。なかには六十という数字も見える。なによりも不可解なのは、この記録簿の作成者がこれほどの早世をすべて「自然死」で片づけている点だった。

どういうことだろう？

「そんなところにあったのか」背後、わずか数歩のところで、所長の声がした。

猶予は一瞬だ。アーダは箱を落とすと、あわてて拾い上げるふりをしながらメモリースティックを踏みつけて泥のなかに押し込んだ。

振り向くと、所長が背中で手を組んでこちらを見つめていた。どうやら武装した警備員は連れていないようだ。アーダは大きく息をつき、見つめかえした。所長が片手を差し出す。アーダはあえてページをひらいたまま記録簿を渡し、延々とつづく手書きの死の記録を目に焼き付けた。

しばらくのあいだ二人は無言で立ち尽くしていた。所長は記録簿に目を通している。その隙にアーダはメモリースティックをさらに土中深くに押し込んだ。

「友人のことは気の毒だった」意外な所長の言葉に、アーダは驚いた。所長のほうは驚きに目を見ひらくでもなく、淡々と記録簿のページをめくりつづけている。「これのことは聞いていたのかね？」

「まさか。つきとめたのは二、三日前です」これは半分うそだ。「彼女の言葉からいろいろとヒントを繋ぎ合わせて。それが正しいかどうか確かめたかった」

所長がこの返事を信じていないのが見て取れたので、アーダは一か八か賭けてみることにした。

「そんなことより、それはどういうことでしょう?」彼女は疑問をぶつけた。「その人たちの死因は? どうして自然死? この山でなにが起きたんです?」

「見当もつかんよ、ドクター」所長は苦々しい笑みを浮かべた。「この件についてはわたしも研究する。解明できたら教えよう」

所長はおもむろに背を向けて歩きだした。一瞬、アーダは張り倒してやろうかと思ったが、そのとき、歩み去る所長のこごめた肩と重たい足取りに気がついた。アーダは腰をかがめてブーツの泥をぬぐい、メモリースティックを拾い上げた。

キュベレーの逃亡劇を機に警備体制は強化されていたものの、アーダの義手でアラームが作動するのはゲートの警備員にとってはいつものことだったので、手袋に隠したメモリースティックにも気づかれずにすんだ。金属は金属に。部屋にもどると、アーダは窓を閉め、タブレット端末を持ってバスルームに閉じこもり、バスタブの縁に腰かけてメモリースティックを差し込んだ。

中身は名称なしのフォルダが一つ。メモもなし、文書もなし、写真だけ。水底の墓地だった。見たこともないほど広大で、墓標に刻まれた生存年数はいずれもきわめて短い。七十年。六十年。四十年。写真が飾ってあるものもあって、故人の大半が生前に漏失症を発症していたことが見て取れる。しわの刻まれた顔、白く濁った目、義歯。

理解できなかった。アーダは歴史学者ではないが、歴史学者だったとしても、大洪水前の世界について手に入る情報はほとんどない。水が地表のあらゆるものを呑み込んだように、大洪水とその後の戦争は文字による記録を消し去った。とはいえ、大災厄から数十年がたち、数少ない生存者たちが食べ物を漁って（あさ）は争う暮らしをやめ、定住して廃墟の上に文明の再建を始めると、多少は記録が残されるようになる。飢饉（ききん）のこと、塩分を含んだ大地のこと、打ち捨てられた都市で火災が発生して残されたものすべてを焼き尽くしたこと。ヒマラヤ山脈の氷河が融解して、水がふたたび世界を襲い、生存者がさらなる苦闘を強いられたこと。病院も医療もないなかで病と闘わなくてはならなかったこと、創傷の完治に数十年を要したこと、かつては知られていた腫瘍の治療法を再発見するのに百年を待たねばならなかったこと。それなのに、乏しい記録のうちに漏失症の流行をめぐる言及はいっさいなかった。人々が時の流れのままにただ朽ち果てて死んでいくことに関しては、一言も語られない。

部屋の扉にノックの音が響いた。ああ、来たか。遅すぎるぐらいだ。

アーダは立ち上がってバスルームのドアをあけると、居間を通って戸口へ向かった。廊下にいたのは所長だった。武装した警備員はこんども連れていない。所長がうなずく。アーダは一歩下がって室内に招き入れた。所長の背後で扉が閉まる。

「さてと。きみはほんとうに知らなかった」所長はいった。「かまをかけるようなことをしたのはあやまろう。きみが連中と組んでいないことを確かめないわけにはいかなかったものでな」

「連中？」

「純粋主義者。キュベレーの小規模なテロリスト集団だ」アーダがなおも見つめていると、所長は溜息をついた。「メモリースティックかなにか知らんが、渡してもらいたい。ほかに手に入れたものがないのなら、きみはああも簡単に本を渡さなかったはずだ」

「ええ、確かに。見かえりとして、説明してもらえませんか？　わたしはこの二百七十五年間ずっと漏失症の研究をしてきた。マイロはわたしより百年も前からここにいる。あれは」と、アーダはまだバスルームの洗面台に載せてあるタブレット端末を指さした。「わたしたちが知っていて然るべきことに思えます」

「そうだな。悪かった、ドクター。好きで秘密にしていたわけではない。だが、所長という立場には守秘義務がついてまわるのでな」

「なのに、所長はわたしに見つけさせた。教会にたどりつく前に止められたはずですよ」

「くりかえすが、好きで秘密にしていたわけではない、たとえその必要性を理解していてもだ。これは科学の死を意味する」所長は壁にもたれて腕組みした。「秘密といえば、きみの愛弟子にわれわれ全員みごとにだまされていたことは、さすがにもう気づいているだろうな。彼女を研究所に誘ったのは、補装具と再生技術についての画期的な研究を偶然目にしたからだ。当初、彼女はスタッフのなかでもずば抜けて熱心に見えた。だが、漏失症患者を治療する気はなかったようだ」

「で？　だったらキュベレーはここでなにをしていたんですか？　たいして眺めもよくないのに」

所長は苦笑すら見せなかった。「おそらく、患者を一人連れ出すか、サンプルなり写真なりを手に入れるかして、漏失症を一般市民のあいだに広めようとしたんだろう」所長は言葉を切り、アーダを見やって、それから先をつづけた。「純粋主義者はな、この疾患とその末路である死こそがわれわれの自然な状態だと信じている――病として忌むのではなく、努めて求めるべきものだと。だからキュベレーは苦労してここに潜り込んだ――この情報を広め、そして、おそらくはこの病そのものを広めるために」一瞬、所長は探るようにアーダの顔を見つめた。「この話は初めて聞くらしいな」

「ええ」アーダの知るキュベレー像は粉々に打ち砕かれた。あとでかけらを拾い集め、新たなキュベレー像を組み立てるしかない。ただ、この混迷の状況のなかでも、一つだけ残ったものがある。「おかげで、所長も疑念をいだいた。ちがいますか？　ひょっとしたら彼女が正しいかもしれないと思ったのでは？」

所長は強ばった笑みを浮かべた。「ひょっとしたら？　漏失症患者の姿はいささか胸を深く抉りすぎて、不安がかき立てられないかね？　今どき人間をあのようにしてしまう病がほかにあるかね？」所長は壁から離れると、両手をポケットに入れて、こちらへ一歩踏み出した。「ほとんどの政府がこの件を表沙汰にしないよう努めているが、ときおり考古学者が奇妙なものを発見する――記録簿だの墓地だのといったものを。われわれがかつては死を免れなかったと解釈しないかぎり筋の通らない古文書や伝承も存在する」

「つまり、わたしたちみんな、いつかは漏失症になって死ぬしかないと？」

「そのとおりだ。大洪水以前の歴史が失われた今だからこそ、誰にでも仮説が立てられる。そうだろう？　だからこそきみたちもわたしも、金をもらってここに引きこもっているわけだ。つねに誰かがなにかを掘り出して、疑念をいだきはじめる。そうしてやがて、死こそが真の摂理であるという考えに取り憑かれる。なかにはわれわれの小さな研究所を見つけ出して潜り込む者まであらわれる――キュベレーのように。そういう連中にとっては、漏失症患者こそが彼らの理論を裏付ける決定的な証拠となる」所長が息を継ぐ。「連中の不屈の精神には舌を巻くよ。それでもわたしは、きみ同様、あくまでも医師だ。わたし個人が連中の仮説をどう思おうと、そうした戯言に付き合う忍耐力は持ち合わせていない」

「彼らが正しかったら？　それこそがわたしたちに運命づけられた終わりかたなのだとしたら？　大昔、大洪水のはるか前にはわたしたちは短命で、水とともにその記憶さえ失ってしまったのだとしたら？」

「地下で衰弱していく患者たちにそれを教えてやってくれないかね？　そういうふうに苦しんでもなんの問題もない、先祖の面目も保たれるだろうと」

いえるわけがないでしょう――と、反射的に頭に浮かんだ答えをアーダは押し殺したが、その答えはしばらくのあいだ二人のあいだにひっかかり、そして、消えていった。

アーダはためらった。一秒。二秒。やがて、息を吐いた。

「キュベレーはどうなるんですか？」

「わたしに決定権はない。事情聴取に来た捜査官に、漏失症で精神をやられる者もいる、情状酌量すべきだ、彼女もまたこの疾患の犠牲者なのだからと、そう伝えるのが精一杯だった。まあ、なんの助けにもならんだろうがね。政府としては、狂信者が増えるのがいちばん困る」

「でも、ここのスタッフにまで事実を隠すのはどうして？　話してもいいじゃないですか、あと二十年ぐらいたったら」それから、「死すべき運命という仮説についてだって、どうして公表しないんです？　まだ民主主義は生きてるはずですよね？」

所長はすぐには返事をしなかった。骨に染み入る沈黙があたりを支配する。

「それはな、ドクター、漏失症こそがあるべき姿だという考えが頭に入り込んだら最後、その考えを信じる者の身には恐ろしいことが起きるようになるからだ。そう、誘引力が増大するんだよ。本能レベルで反応してしまう。まったく異なる次元で引き寄せられてしまう。しかも、われわれのように患者の目を見た者にとって、その感覚は抗いがたいものとなる。いわんとすることがわかるかね？」

意味はわかりすぎるほどよくわかった。「わたしたちも罹患する、ということですね」

所長は返事をしなかったが、答えは目のなかに読み取れた。冷たいものがアーダの背筋を撫でる。

漏失症になるのはごめんだ。病み衰えていくのはごめんだ。耐えられない。いったい誰が耐えられるというのだ？　そんな恐ろしいことが万物の摂理だなどと、どうやったら信じられる？　そういう考えをいだいていたということは、やはりキュベレーは心を病んでいたのか。これは疾患だ。ほかの疾患同様、治療法が存在しなければならない。

「わたしはどうしたら……？」

「研究したまえ」所長の笑顔に、アーダは意表を突かれた。光に照らされた古代の廃墟かなにかのようで、ぞっとしない光景だった。「死に物狂いで研究して、治療法を見つけて、きみの愛弟子も純粋主義者も、ほかのどんな狂信者もまちがっていると証明することだ。われわれが治療法を見つけられなければ、ドクター、治療法が一つも存在しなければ、そうなれば連中が正しいということになるのかもしれない。それを思い知らされるのはつらいだろうがな」

いいや、そんなことにはならない。自分にはやるべきことがある。ここのスタッフは皆同じだ。やりたいことリスト。釣り三昧。アーダは所長を見やり、うなずいた。メタルの指から力が抜ける。

「おやすみ、ドクター。今回のことはきみの胸にしまっておいてくれたまえ。危険にさらされる人間は少ないほうがいい。そうは思わんかね？」

「もちろんです」

アーダは所長を送り出し、扉を閉めた。

胸にしまっておく。それについては所長はまちがっていない。この件にマイロやほかの同僚まで引きずり込むことはない。こんな危険にみんなを巻き込むことはない。一晩ゆっくり眠って、起きて、そうしたら仕事だ。本気で研究に取り組むのだ。とはいえ、自分はもう知ってしまったのだから、研究所のルーツを探る許可をもう一度申請してみよう。こんどは所長にも拒む理由はないはずだ。どうして漏失症が抗いがたく人を引き寄せるのか、この手で理由を突き止めてやる。キュベレーの妄想ではない、真の理由を。今となっては、ほかになにができる？

いささか胸を深く抉りすぎる、そう所長はいった。もう一度墓地の写真を見ようとタブレット端末を取りにいきかけて、アーダは足を止めた。

明日でいい。明日になればふたたび疑問が湧くだろう。だが、空に雲一つなく、研究所が静寂に包まれている今夜は――。埋もれた世界の真実も、この穏やかな一夜ぐらいは待ってくれるはずだ。

アンドロイド娼婦は涙を流せない

ナタリア・テオドリドゥ

──安野 玲 訳

Android Whores Can't Cry by Natalia Theodoridou

書き出し〔仮〕1
虐殺市場の出会い
アリキ・カリオタキス
ロンドン・ニュータイムズ紙用

　ブリジットと出会ったのは、地元で「虐殺市場」と呼ばれる場所だった。彼女は自分の名前をフランス人風に発音した。いや、フランス製風というべきだろうか——もっともわたしは、この時点ではそうとは知らなかった。彼女は娼婦だ。所有者はジェロームという男——こちらもおそらくフランス出身だろう。ブリジットは、拷問される人々や死者の引き伸ばし写真を売る露店と干涸らびた亡骸の群れに囲まれて、わたしが現地情報連絡員のディックを伴ってあらわれるのを待っていた。こちらの顔を見るなり、彼女はわたしへの挨拶もそこそこにディックの唇にキスをした。まるでそうするのが義務で、選択肢はほかにないといわんばかりの機械的なキス。彼女のうなじを頸椎に沿って走る清らかにきらめく真珠層の細長い帯に気づいたのは、そのときだ。わたしはディックを見やって目で問いかけた。

「ああ、うん、ほんものだ」ディックはいった。「こいつは、この街でのおれの人造恋人でね。フルタイム・レンタルしてる。使えるぞ。顔が広いから」ディックにはこういう傲慢なところがある。「女同士、仲良くやれるよな」と、彼は付け加えた。

ブリジットはこちらを向いて手を差し出しながら、温かいほほえみを浮かべた。もっとも、彼女のほうはディックとちがって、自分たちがどういう場所にいるのかを——わたしたちを取り巻く取引可能な流血と暴力のイメージの由来を、この場所の歴史を、熟知しているようだった。

「どうぞよろしく」ブリジットはいった。その目に湛えられた感情は読み取りがたい。アンドロイドだからだろうか。それとも、人間的な部分のせいだろうか。

一般にアンドロイドは人間といっても通用する。ただし、体の目立つところに真珠層がなければの話だ。もっとも、いうまでもなく、アンドロイドの皮膚に真珠層が出現すると、人間はさっそくファッションとしてフェイクの真珠層シールをこれ見よがしに貼りつけるようになった。シールが高品質だと、アンドロイドと人間はどっちがどっちか判然としない。

真珠層の魅力とはなんだろう？　一つはおそらく、形成される理由と経緯がまだわからないという点にある。もう一つは、その完璧さ、美しさ、そして、永続性だ。

真珠層は永遠なのだ。

「メモ↓まるで恋する高校生の文章。ブリジットとなんの関係がある？　落ち着け。事実に徹すること。それから、ディックとブリジットを匿名にすること」

ファイル終了

*

真珠層　形成と機能

真珠層または真珠母（マザー・オブ・パール）とは、貝類などの軟体動物が内殻および真珠[1]表面のコーティングとして生成する複合物質である。APC[2]第七次報告の最終承認によってアンドロイド製造に関する世界的な規制が開始されて以降、真珠層は人造半機械式人型（ひとがた）有機体[3]の規格上の特徴となっている。アンドロイド真珠層の生成は想定外であり、原因はいまだ不明。ただし、アンドロイド真珠層は人間にとって、固体識別マークとして有用ではないまでも有害ではないと考えられており、アンドロイドの皮膚への出現を防ぐ試みはとくにおこなわれていない。

真珠層の形成は、オルドビス紀（四億八八〇〇万年前〜四億四三〇〇万年前）初期に登場した軟体動物門における進化的な保存と多重収斂（しゅうれん）によるものとされる。正確な形成過程は天然真珠層においてもほとんど解明されていないが、機能は主として防御である。真珠層は生体軟組織を寄生虫から保護すると同時に、軟組織に損傷を与えるような異物を積層的に包み込むことで最終的に真珠を形成する。

アンドロイド真珠層の機能はわかっていない。

#

1　「真珠」は瞑想に使われることもある地元産幻覚剤の隠語でもある。この呼称にもかかわらず、天然真珠層もしくはアンドロイド真珠層との関連が未確認なのは、おもに調査不足によるところが大きい。

2　アンドロイド製造委員会。

3　通常はこれがアンドロイドと呼ばれる。アンドロイドという通称が広く用いられるようになって数十年たつが、この語の普遍妥当性はさまざまな理由で疑問視されている。ただし、ガイノイド、サイボーグといった代替呼称は、それらのほうが的確な場合もあるとはいえ、もはや一般的には使用されていない。

ファイル終了

＊

フィールドノート1

ディックの午後のプレイタイム。記事を書いているわたしのそばで、彼はブリジットに過去の場面を再現させる。人前でプレイするなんて図々しい、傍迷惑。悪趣味といってもいい。でも、これはまちがいなく意図的なものだ——わたしにその場にいてほしいのだ、見せたいのだ。それも、わたしが干渉しないことを承知のうえで。ディックはお客さま――彼のゲーム、彼のルールというわけ。

　ブリジットはサンドラを演じている。サンドラはわたしの大学時代の友人でディックの元妻だ。確かに二人は似ていなくもない。今はサンドラがディックのもとを――わたしたちのもとを――去った夜を再現中。ディックは真珠でハイになっているらしい。目の焦点がちょっと合っていない。ブリジットの向こうを見ているような、窓とスモッグの向こうを見ているような、人生という幻想の向こうを見ているような目つき。

「これ以上はいっしょにいられない」ブリジットがいう。すでに百回はこのせりふをいっているみたいに聞こえる――復唱しているのか。今回のセッションは学習モードらしい。ディックが彼女をサンドラに変えていく。すごく嫌な気分になる。「あなたってまるでけだもの」ブリジットが復唱する。「知性のかけらもないのね」

「ああ、結婚したときからな。あのときとなにが変わった？」

　服を全部スーツケースに詰めて出ていく準備をしているふりのブリジット。ディックのほうはあとにくっついて歩きながら、彼女の耳元で本気でわめく。

「なにが変わったか教えてやるよ」ディックはいう。「あのときのおまえはサイテーのヤリマンだった。だよな？」

　ブリジットは荷造りをやめてディックを見すえる。

「なんだ、泣くのか？」ディックはそういってから、しまったという顔で自分のおでこを叩く。「――忘れてた。おまえは泣けないんだっけ」それからこっちを向いてつづける。「なあアリキ、知ってたか？　アンドロイド娼婦は涙を流せない。だってさ、誰が泣き虫女とヤリたがる？　だろ？」

わたしはブリジットを見やる。唇がぴくりとひきつったように思えたが、つぎの瞬間、もうそれはほほえみに変わっている。「誰が泣き虫女とヤリたがる？」ブリジットがくりかえす。まだ学習モードだ。最悪。

「ほんとリチャード(ディック)って、たまにすごくヤなやつになるよね」とわたしはいってやる。

ディックは笑い声をあげる。こっちに来てわたしをハグする。

ブリジットはあいかわらずほほえんでいる。瞳がきらめいている。

ファイル終了

＊

真珠層　人間による利用

真珠層は古くからその虹色の光沢で珍重されると同時に、強度と柔軟性を併(あわ)せ持つことから、さまざまな用途に適した素材と見なされている。十八世紀以前は真珠層を持つ巻貝の殻が火薬入れとして利用された。イスタンブールの有名な寺院や宮殿、ギリシャの伝統楽器やフルートのキーには真珠層の象嵌(ぞうがん)装飾を施したものがある。また、いわゆる貝ボタンは広く世界で用いられている。アコーディオンやコンサーティーナではボディ全体に真珠層を貼った例も見られる。ロシアではキャビアを食べるさい金属臭による風味の劣化を防ぐため、真珠層のみで作られた小ぶりの専用スプーンを使用する。

こうした利用法は稀(まれ)になったとはいえ、すべて現在も残っている。しかし、貝の養殖に課された法的規制による価格高騰を受けて、過去に天然真珠層が使われたところに近年はアンドロイド真珠層を用いる場合が多い。

〔メモ↓アンドロイド的にはどういう感覚? 真珠層を自分の皮膚の一部、自分自身の一部と見なしているのか。自分の皮膚が装飾や楽器やスプーンになるのはどんな気分だろう?〕

ファイル終了

*

書き出し〔仮〕2

虐殺市場──暴力と沈黙の歴史

アリキ・カリオタキス

ロンドン・ニュータイムズ紙用

「歴史」と呼ばれるかの大いなるごみの山。

オーガスティン・ビレル

真実？　わたしには無用のものだ。真実で人民は養えない。
死体は隠せない。安全は守れない。

将軍

エアコンのきいたタクシーは市外を走っていく。わたしはぼんやりと外を眺めている。経済的低迷の証ともいうべき未完成の高速道路、それを見下ろすようにそびえ立つうつろな骨組みだけの高層ビル群――永遠なる一時停止の街。ところが、ひとたび中心部に足を踏み入れれば、この街は完全無欠となる――洗練されて輝かしく、貧困や苦痛の痕跡はどこにもない。新政権の必要性と手際のよさを見せつけられる。かつての混沌と悲嘆に代わる申し分のない方策だ。スモッグだけが凶兆めいて重く垂れ込める。

タクシーから降りたとたん、今が一日でいちばん蒸し暑い時間だと思い知らされる。濃いスモッグのせいで息苦しい。空も見えない。現地の情報連絡員と街の柱の前で落ち合う。柱は地理的にも宗教的にも街の中心で、すべてがそこから外へと広がっていく。虐殺市場は、ごみごみした半地下のスラム街――残された最後のスラム街――の中央に、ひっそり隠されているという。そこまでは歩くしかない。きつい行程になりそうだ。

暑さにあえぎながらたどりついたわたしたちを出迎えたのは、情報連絡員いうところの「この国の政治的亡骸」――つまり、死んだ国民、死者の魂を賭けて機械的に再生産され売り買いされる現政権の残虐行為、葬儀という名の抗議とでも呼ぶべきものだ。この一角には人がひしめきあい、闇がわだかまり、異臭が漂う。無数の露店で陳列されているのは、小山なす人体の一部や遺体――作り物もあれば本物もあるが、どっちがどっちか判然としない。茶色がかった死の色のなかで、〈死の瞑想〉の視覚教材を求めてやってきた僧や尼僧の衣の鮮やかなオレンジがひときわ目立つ。コルク張りの高い壁をびっしりと覆うのは、虐殺された者や警官の暴行を受ける者の写真だ。壁の前で立ち尽くす人たちは、無数の写真のなかに身内の顔を探しているのか――探しながらも、馴染みの顔が見つからないでほしいと願っているにちがいない。行方不明者のために、供物を添えた小さな祭壇をしつらえる人たちもいる。そのかたわらでは、抗議者や活動家が最も残虐な写真を選んでいる。現政権の封印された真実を、真実の顔である惨殺された者の顔を、共有して広めようというのだ。拡声器からは録音された虐殺の音風景が流れてくる。悲鳴と銃声、抵抗する子供たちの声、若い命をむさぼり食う国家の音。

亡くした息子の写真にすがりつく母親の姿が見えた。無限に増殖し、壁一面に貼りつけられた息子の顔は、抗議の表明だ。

ここ、虐殺市場では、死は政治的行為なのだ。

［メモ→読者にストーリーの意味を理解してもらうには政治的背景の説明が必要。代わりにインタビューで始める？　〈死の瞑想〉についても要説明］

ファイル終了

＊

〈死の瞑想〉第一回

死は定め。

死から逃れることはできません。

人間は生まれ落ちた瞬間から死に向かって歩きはじめます。

肉体は皮、殻、衣。脱ぎ捨てなくてはなりません。

想像のなかで自分を解剖しましょう。

細部まで想像しましょう。

人間の体の不浄さを見つめましょう。

死ぬと人間の体は膨張して、青黒く変じます。

皮膚は破れます。

脂肪は溶けて流れ出ます。

筋肉は崩れます。

内臓は干涸らびます。

骨は粉々になります。

腐ってゆく死体。膿(う)み崩れた死体。獣(けもの)に食い散らかされた死体。四肢がもげ、切り刻まれ、散乱した死体。血を流す死体、ウジ虫に食われ、跡形もなく消え失せる死体。
残るのは、あなた。
ファイル終了

＊

〈十一月大虐殺〉で抗議活動を指導した一人、Xへのインタビュー

第一部〔PLX1.vf〕

Q　虐殺市場とは？

A　死や病気や暴力と結びつくイメージは、現政権によって禁じられています。外交や経済にとってプラスではないし、投資を控える動きにつながりますから。そこで登場するのが非合法市場です。ただし、これの目的は金銭ではない。われわれは信仰に則って、死者のために死者と贈り物を交換する。これは同時に政治的な行為にもなりえます。政府と軍は死者を隠そうとする。だから、われわれはそれを撮影して写真をシェアしたり虐殺シーンの動画を流したりすることで、現政権の真実の顔を白日のもとに晒そうとしているわけです。抗議の一形態ですよ。

Q　なんに対する抗議ですか。

A　生と死、貧困と苦痛、そういう一目瞭然の事実をごまかそうとする現政権に対する抗議です。いろいろな形で声を上げたり逆らったりした自国民を脅迫、あるいは虐殺するといった対応の常態化を隠蔽しようとする国家に対する抗議です。

Q　だとしたら、どうして虐殺市場は存続しているんです？　当局がいまだに閉鎖に踏み切らないのはなぜでしょうか。

A　向こうもそれなりに必死ですよ。実際、ときどき強制捜査が入る。ところが、しばらくたつといつの間にかまたあらわれる。政府の認可を受けているからだという話も聞きます。そもそも政府によって開設されたからだという噂さえある。安全弁というか、抵抗という幻想を提供する場としてね。

Q　あなたもそう考えていますか。

A　いいえ。

Q　〈十一月大虐殺〉について教えてください。ごく最近の事件がこれですが、ほかにもありますね。

A　ええ、確かに。

〔彼はためらう〕

Q　〈大虐殺〉当日のことを順を追って話していただけませんか。

A　〔間〕あの日の午前中、将軍は街の中心部、大学のすぐ近くに姿を見せることになっていた。学生も一級市民も、いうまでもなく、参加が義務づけられています。だからみんな予定どおり集まった。将軍は型どおり挨拶して、いつもの調子で敬礼した。群衆は歓声をあげた――と、ここまでは想定内だ。義務ですから。ご承知のとおり、それ以外は許されない。ところが、その後も群衆は歓声と拍手をつづけた。ただ歓声をあげて、できるかぎり大きな音で拍手して、口笛を吹いて、声援を送った。手を振りながら。それをいつまでもやめようとしなかった。これが何分間もつづけば、熱狂などではないことぐらい誰にでもわかります。まあ、超共鳴とでもいうんでしょうかね。みんなそろって歓声をあげつづけることで、将軍の口を封じたわけです。将軍は文字どおり一言も口を挟めなかった。だからといって、なにができます？　こちらは拍手喝采していただけだ。いくら将軍でも、まさかそれを理由に罰するわけにはいかない。で、将軍は実際にはできなかったスピーチをぶざまに切り上げると、演壇をおりて帰るべき場所に帰っていった。その後、群衆は解散を許されました。それでも、学生を中心におおぜいがその場に残った。誰も言葉を交わそうとしなかったが、笑顔を交わしていた。握手を交わしていた。これは変化の兆しだと口に出す勇気はまだなかったものの、でも、そう、手応えがね。確かにあったんですよ、手応えが。感じました。

ところがそこにトラックや戦車があらわれて、学生たちが残っていた街の柱の周辺一帯を封鎖したんです。異変に気づいたときは、われわれはすでに包囲されていた。ある者はなんとか包囲網を抜けて難を逃れた。ある者は大学内のポリテクニック・スクールに立てこもった。だが、けっきょく捕まってしまった。全員が捕まった。

Q　捕まってなにをされましたか。

A　どうしてそんな質問を？　なにをされたか知っているはずだ。写真を見たことがあるでしょう、え？〔両手を胸元で縛られた者、背中で縛られた者、みんな太陽の下でひざまずかされたまま、スチール警棒で殴られ、あるいは黒光りするブーツで蹴られている。魚眼レンズで撮影された写真のなかで、彼らはまるで人間の海のようだ。いったい何人いるのか、数えきれない。教えられたことがない〕動画を見たことがあるでしょう？〔襟首をつかまれて家畜運搬車に押し込まれ、カメラに映らない場所へ連れていかれて、そこから誰ももどってこない〕午後の四時に雨が降りだしました。通りという通りが赤く染まった。

〔間〕この話はしたくない。

〔彼が自分を取りもどすまでにしばらく時間がかかる。かなり感情的になっているようすだが、やがて、ぽつりと付け加える〕連中はアンドロイドまで破壊したんです――ほとんどはセックスワーカーと清掃員だった。これはあとでオーナーに弁償した。「買収した」というべきかな。要するに口止めです。

Q　アンドロイドとおっしゃいましたね。どうしてアンドロイドがいたんですか。抗議行動に参加していた？

A　ええ、アンドロイド・ゲリラは当初からわれわれの味方です。大学生などはアンドロイドの魅力につられて参加することも多い。まあ、それだけが理由ではないですが。これに対して、アンドロイドは抑圧される立場だ。下層階級の弱者で、市民ですらない。そもそも人格があるとも思われていない。ただ、アンドロイドには真実を語る力が備わっているように思えるんですよ……なにしろ、あの完全無欠の絶対的な記憶力ですからね。人型マシンの罠だ——必要最低限の肉体とコマンドによって与えられた自由と、その同じ肉体の欠陥と……両者は簡単には切り離せません。加えて、彼らは死を知らない。いっぽうで、人間の文化は死と衰退を前提としている——いや、今はむしろ、それらの隠蔽というべきかな。人があれほど真珠層のシールに夢中になるのはなぜだと思います？　見たことがありますよね？

［メモ↓インタビュー後半を音声ファイル PLX2.vf から文字起こしすること］

ファイル終了

＊

フィールドノート2

人に口をひらかせるのはむずかしい。ブリジットとディックはいい取材先を熱心に探してくれているが、なかなかすぐにとはいかない。わたしのほうは知らないことだらけ。わからないことだらけ。今回の取材はかなり時間がかかりそうだ。慎重に進める必要がある。

こっちが考えごとをしている、仕事をしている、自分に注意を向けていないとブリジットが思っているときを見計らって、わたしはしょっちゅう彼女をじっくり観察する。

ブリジットは自分の置かれた状況に苛立っているのか、ドアから窓へ行ったり来たり、外を眺めたり。窓の外はスモッグだ——灰色と茶色だけ、なにも見えない。少なくとも、わたしには見えない。彼女にはなにか見えるのかも。ひょっとしてなんでも見える？　どうなんだろう。

ブリジットの真珠層はこの二、三週間でまた増えた。新しい斑点が左耳の後ろに一カ所、右手の甲にも一カ所——そこがやはりいちばん目立つ。魅力を引き立てている。

わたしに見られていることに気づくと、ブリジットのプログラムが動作して、毎回、標準的な言葉が返ってくる。「なにかご用、ハニー？」それから彼女は、はにかむように目を伏せる。

ずっとこの土地で暮らしているのに、ブリジットの発音にはかすかなフランス訛り(なま)が聞き取れる。フランスの娼婦はこういうふうにしゃべるはずだという、男のファンタジー的なものか。

ファイル終了

＊

「虐殺市場」という訳語についての留意点

「虐殺市場」として紹介したものについての原語からの翻訳には若干の疑問が残る。ほかに考えられる訳語としては「残虐広場」「虐殺博覧会」、もしくは「真珠噴水」があげられる。ここがこの言葉の最も難解な点だ。原語を形成する二語はそれぞれ多様な意味を持つが、結合することで、ディックとブリジットの説明によると、やや強引ながら「真珠が生まれる噴水」「牡蠣の養殖場」、または「最高水準の不完全さ」等と解釈されうる新たな複合名詞となる。

ファイル終了

＊

フィールドノート3

ディックの再現プレイが暴力的になってきた。あんなの記憶じゃない。絶対にちがう。どのパターンも矛盾だらけ、事実と相容れない。実際には起きていないことが起きる。今は、出ていくのがいつもブリジット／サンドラだとはかぎらない。ときにはディックのほうが出ていく。ときにはブリジット／サンドラが死ぬ。ときにはディックがブリジット／サンドラを殺す。絞め殺す。正確には、絞め殺すプレイだ。終わるとディックは気のない顔になって、こんなものはみんな適当にでっちあげたストーリーで、自分はそれを演じたいだけだ、などという。でも、わたしは知っている。仮にも記者なら誰だって知っている。適当にでっちあげたストーリーなど存在しない。自分を納得させようとするストーリーならなおさらだ。

ブリジットは、どうでもいいわ、だってほら、感じないから、という。それに仕事だから、と。わたしはどうしても納得できない。それなのに、あらゆることを受け入れて、観察して、気づけば記者役を演じている。気が進まないくせに参加している。こんなゲームのやりかたはまともじゃない、とぼやきながら。

真珠層はみるみるブリジットの皮膚を浸食していく。浸食される範囲は日に日に広がっていく。「耐えがたい美」という病のように。

「それはそうと、どうしてこんなゴミ溜めみたいな場所に来る羽目になった?」きのうディックに訊かれた。「まさか女が送り込まれてくるとはな」

思い切り腕を殴ってやると、ディックは笑った。「バカにされるのきらいなんだけど」わたしはいった。「とにかく、わたしにはこれが必要だった。どうしても。しばらく前にけっこうつらいことがあって、ちょっと引きこもってて。で、復帰してからボスに泣きついたら、ほかにやる人がいそうにないネタをまわしてくれた」

ディックは煙草をもてあそぶ手を止めてこっちを向いた。今や彼は興味津々だった。わたしはそれを望んでいたんだろうか。わからない。なにもいうんじゃなかった。

「つらいこと?　どんな?」ディックはいった。

わたしは答えなかった。

「なあ、おれにならいえるだろ?」

ブリジットの首を締めるディックの手が目に浮かんだ。いったいどうしちゃったの、リチャード?　前は優しい人だったのに。

「それは昔の話。悪いけど」

ディックは傷ついたはずなのに、それを顔に出そうとしなかった。そのとき気づいた――どうでもいい。ディックが傷ついても。わたしにはどうでもよかった。

ファイル終了

*

〈死の瞑想〉第二回

二回目の瞑想では実際の死のプロセスを予行演習します。死を模倣(もほう)するヨガの一連の動きを実践してみましょう。

始めに、体が骨と皮に痩(や)せ細っていって、四肢はかろうじて胴につながっているだけになります。体が地中に沈んでいくような感覚をおぼえます。目がかすみ、視界が暗くなっていきます。幻覚が見えるかもしれませんが、それを信じてはいけません。皮膚の張りが失われていきます。

つぎに、体液がすべて干上がります。唾液、汗、尿、血液、すべてです。快楽や苦痛といった感情もいっしょに干上がります。自分が煙になったような感覚をおぼえます。

もう耳は聞こえません。食べ物を消化することもなにか飲むこともできません。自分の名前も思い出せないし、親しかった人や愛する人の名前も思い出せません。においもわかりません。息も吸えないかもしれません。息を吐くことはできます。

やがて、体内の十の風(ルン)が心臓へと移動します。もう息を吸うことも吐くこともできません。味もわかりません。なにも感じません。舌根(ぜっこん)が青くなります。消えていく炎のような感覚をおぼえます。

それから、無。

さらに、無。

そして、無。十の風(ルン)が途絶えます。不滅の心滴(ティグレ)だけが残ります。

ファイル終了

＊

フィールドノート4

「どうしてあんなふうに扱われて黙ってるの？」ある日、思わずブリジットを問い詰めてしまう。すぐに後悔する。ディックの行為のことで彼女を責めてどうなる？　責めるべき相手はディックだろうに。

彼女は少し考えてから、肩をすくめる。

「仕事ですもの」という返事。「わたしに選択肢はないわ。いくつかはプログラムされているることだし」

「うん、でも、されていないものもある」

彼女はわたしの目を見る。その視線は微動だにしない。おかげで人間らしさが一気に失われる。人間がこんなふうに相手を見つめることはない。「わたしは娼婦よ」淡々と彼女はいう。

「娼婦なだけじゃないでしょ。そんなの、あなたの本質とはいえない。単なる役割だよ」

「それは逆じゃないかしら。役割が本質を生むのよ。ハンマーとしての役割がハンマーを生む。あなたはネジを締めたり木を切ったりするのにハンマーを使おうと思う？」

「単なる道具だよね、それじゃ」

「そうね。ただの道具」

「こんなこといわれて腹が立たないの？」

「腹を立てるべきだと思う？」

わたしは答えない。

「どうして？」彼女はつづける。「わたしたちみんな、なにかのための道具でしょう？　ちがう？　これはアンドロイドの問題じゃないわ。実存の問題よ」

わたしは目を伏せる。

彼女は身をかがめてわたしの肩に触れる。「ごめんなさいね」と彼女はいう。「共感するのが難しいときがあるの。だってほら、わたしたちはなにも感じないから。感情がないの」

真実を語っているように聞こえるけれど、信じられない。だから、はっきりそう伝える。

「感情がプログラムされていないのに、あなたたちは実際にはいろいろ感じていて、真珠層はその副産物だっていってる人もいる。真珠層はプログラムされてないのに、現実にそこにある。つまり、そういうことじゃないの？」

彼女はこんども肩をすくめる。「わたしが感情を模倣できるのも、わたしに対する周囲の反応から学習できるのも、そうプログラムされているからよ。真珠層がなんなのか、なにをするのか、それは誰も知らない」ちょっと言葉を切ってから、彼女は付け加える。「錆（さび）の一種かもしれないわね。道具は錆びる。そうでしょう？」

ファイル終了

＊

トリップ

窓辺にすわって外を眺める。今日のスモッグはいちだんと重たげだ。色も濃い。腐ったような色。スモッグの向こうが見えればいいのに。見える目があればいいのに。

ブリジットが帰ってくる――見ると、右目の下に新しい真珠層が生まれてきらきらしている。彼女はほほえむ。いつものように。

「着替えて」彼女はいう。「どうしても見せたいものがあるの」

支度を終えたわたしに向かって、ブリジットは握った片手を差し出す。ゆっくりと指がほどけていって、手の平にのった一粒の真珠があらわれる。それがなんなのか二、三秒たってからようやく気づく。いったいどういうつもりなのか見極めたくて、彼女の顔を見る。

「舌の裏に入れるの」彼女はいう。「やってみて、アリキ。わかるから」

真珠を口に含んだわたしは、ブリジットと二人、スモッグのなかへと、屍（しかばね）の町へと、出かけていく。

わたしたちは中央広場にいる。舌の裏に収まった真珠は、まだなくならない。甘い刺激が舌を刺し、胸の鼓動が乱れる。すぐそこに街の柱がそそり立っている――基部はまるくふくらんで、空へ向かって少しずつ細くなっていく。てっぺんは頭上を幾重にも覆う分厚いスモッグに呑（の）み込まれて見えない。大理石の表面は消えかけた炎のような仄（ほの）かな輝きを放っている。

「この柱は何百年も前に建立されたものなの、周囲に街を生み出す軸として」ブリジットがいう。「建立のいきさつは興味を持つ人もほとんどいなくなってもう忘れられてしまったけれど、霊媒はまだときどきここに集まってくる。死者と交信する者にとって、柱は力の源だと考えているらしいわ。言い伝えだと、これの礎石を据えるとき、周囲にぐるりと深い溝を掘ったそうよ。でね、奴隷の妊婦を見つけた端から連れてきて、喉を掻（か）き切って殺してそこに放り込んだんですって。奴隷たちの死を通じて、街を守る力が柱に宿るように」

柱の礎石に目をやって、ふと気づく。もし言い伝えがほんとうなら、わたしが立っているのはまさにその溝のあった真上だ。柱の放つ輝きがだんだん強くなっていく。珍しくスモッグの切れ目から日が射し込んできたのか。確かめようと空を見上げたとたん、地面が揺れた気がして、つぎの瞬間足元が崩れて、溝に転げ落ちる。溝の底には奴隷たちがいる。今なお子宮に死にゆく胎児を宿したまま、今なお大地を血潮で染めながら、わたしを取り囲む。

この街は流血と虐殺の上に築かれている。輝く大理石は、葬り去られた歴史の上に立つ墓標だ。みるみるうちに通りという通りが血管に変わっていく。学生たちが街じゅうで亡骸を救い出しながら練り歩くのが見える。これこそが現政権の道徳的な秩序に対する物言わぬ目撃者だといわんばかりに、学生たちは友人を、クラスメートを、恋人を、肩にかついで運んでいく。ところがいくらもたたないうちに、彼らはあるいは撃たれ、あるいは通りから引きずり出され、腕に抱いた死者たちと引き離されたあげく、ある者は木に縛られて銃殺され、ある者は生きながら焼かれ、ある者はもっとおぞましい運命に見舞われる。これについて、わたしたちは黙して語らない。

肉体は無。重要なのは肉体の記憶。

ブリジットがわたしをひっぱる。先に立って赤い街を抜けて進んでいく。街という肉体の十の風（ルン）は途絶えかけている。ブリジットがわたしになにか話しかけているようだ。こんな言葉が聞こえる気がする——

「不滅の心滴（ティグレ）を探しにいきましょうよ」

二人で通りをくだっていく。ブリジットが前を歩いて、導いてくれる。彼女の皮膚の真珠層はいつにもまして美しく輝いて見える。思い切って触れてみる。触れたのは初めて。手を伸ばして、うなじから背骨にかけて伸びる真珠層を指先でそっとなぞる。こんなに硬いとは思わなかった。「あなたは不滅」わたしはつぶやく——たぶん、つぶやいたのだと思う。ブリジットが振り向いてほほえんだから。

虐殺市場にたどりつく。最初に来たときとずいぶん変わっている。今回はもっと人が多い気がする。壁の写真も増えたようで、いちどびっしりと壁を埋めた上に別の写真が、その上にさらに別の写真が貼ってある。幾重にも層を成す血糊、軀、人体の一部。干涸らびた亡骸は今は妙に生々しく、まるで生きているかのよう——バカバカしい。ブリジットが話しかけてきたけれど、その声は拡声器からあふれ出る悲鳴と雑音に呑まれて聞こえない。

すぐ横の壁に貼られた一枚の写真がふと目に留まる。近づいてみる——粒子の粗いモノクロ写真だが、わたしの目にはそこに写る少女がはっきり見える。少女はほかの人たちと、何十人もの人たちと、並べて地面に横たえられている。上半身の服を剝ぎ取られて、胸を切り裂かれて。剝き出しの腹には「外人娼婦」の文字。少女は若いころのわたしにそっくりだ。これはわたし、何年も前のわたし、という思いが胸をよぎる。どうして覚えていないんだろう？　手の平で写真を覆い（なにがしたかった？　隠したかったのか）、その拍子に、指のあいだに生まれた真珠層の斑点に気づく。写真が急に燃えだしたかのようにわたしは手をひっこめて、真珠層が広がっていくのを見守る。それはたちまち全身を覆い、いつの間にか輝く不滅の皮膚がわたしの身を鎧い固めている。「楽器になったみたい……アコーディオンかコンサーティーナみたい」ブリジットに向かって虐殺の音楽に負けまいと声を張り上げながら、主よ、どうかわたしをフルートのように奏でてください、と胸の内で祈る。

ブリジットがわたしになにか伝えようとしているが、よくわからない。なんとか唇を読もうとする。「……あざむく……」というところだけ聞き取れるけれど、あとは雑音に埋もれてしまう。ブリジットはずいぶん遠いところにいる。遙（はる）か向こうでわたしの腕を指さしている。目を落とすと、真珠層が輝きを失い、ぽろぽろと剝がれ、やがて皮膚がめくれ落ち、脂肪が、筋肉が、骨が剝き出しになるのが見えて、そうしてわたしは悟る、ようやく悟る——この街は皮膚、外から血は見えない、うわべがすべて、輝きがすべて、あちらこちらに真珠層が見え隠れして……これは現実？　現実ではない？　どっちがどっち？

ファイル終了

＊

結び〔仮〕

残された時間はわずかだ。だから多くは語らないでおく。自分にふさわしい皮膚を持つ者は誰もいない。

この記事が完成しないことはわかっている——タイトルはおろか、そもそもストーリーのテーマがいまだに決まっていない。困ったものだ。

とりあえず思いついたタイトルは――

「虐殺市場」

あるいは

「暴力の機械的再生産――真実、虐殺、歴史」

そうでなければ

「アンドロイド娼婦は涙を流せない――〈死の瞑想〉に秘められたもの」

いずれにせよ、首尾よく完成した場合の献辞だけは決まっている。

『うわべはつねにあざむく』と教えてくれた

わたしの真珠、わたしのBに。

ファイル終了

＊

記録終了／14ファイル中14ファイル復元完了

＊

アリキのハードドライブからわたしがなんとか取り出せたデータは以上で全部だ。ディックのリビングルームで向かいに腰かけた記者がそれに目を通すのをわたしは待つ。

「ぼくの同僚のアリキ・カリオタキスと彼女の情報連絡員のリチャード・フィリップス、あの二人の身になにが起きたかだが、せっかく提供してもらったメモリファイルの情報には矛盾があるようだね」

わたしは沈黙を守る。ほんとうに矛盾があるのだろうか。

最後にアリキを見たときの記憶を再生する。

いつもの暴力プレイの最中、アリキはふらふらとわたしたちに近づいてきて、ディックを押しのける。ディックは仰向けに転倒して頭部を強打、その後は微動だにしない。わたしたち全員が微動だにしない。

そしてアリキはわたしには明確に識別できないおおぜいの人々に囲まれて、わたしといっしょに街の柱のそばに立っている。わたしは空を見上げる。スモッグの切れ目から日が射し込んでいる。視線をおろすと、アリキはいない。

そしてアリキはわたしを見つめたまま長身の男に導かれて絞首台にのぼっていく。男がアリキの頭から袋をかぶせる。それから輪縄を。つぎの瞬間、踏み板が外れる。

そしてアリキがここにいたことはない。わたしがアリキに会ったことはない。

そしてディックは？　ディックはいつも死ぬか、いなくなる。

「自分の記憶をいじった？」記者が尋ねる。

「その可能性はあるわね」わたしは答える。「でも、その記憶はない。わかっているでしょう？」

「そりゃそうか」彼は椅子のなかで身じろぐ。「じゃあ、最初のバージョンを考えてみよう。なにがあったか話してみて」

とっくに知っているはずなのに。なぜ訊くのだろうか。

「アリキがディックを押した。ディックは死んだ。人間はあんなふうに簡単に壊れてしまうのね」

「それから？」

「アリキは自首した」

「処理されたんじゃなく？」そのときわたしは彼の脇の下の真珠層に気づく。ああ、そういうことか。

「人間のいいかただと、『死刑判決を受けて処刑された』になるんじゃないかしら」わたしは指摘する。その程度は彼も知っているべきだ。知っているはずだ。

「それを見ていた？——うん、処刑、ということだけど」

私は彼を観察する。彼は真剣だ。冷たい目。記者は報道する。

「ハンマーとしての役割がハンマーを生む」わたしはささやく。

「え？」

「なんでもないわ」わたしはいう。「条件反射よ。ええ。ええ、たぶん見ていた」真珠層が顔全体に広がっていき、皮膚が硬化して修復不能になるのを感じる。真珠層に反射する光がまぶしくて目が痛いほどだ。

「なんだ、泣くのか？」彼は尋ねる。記事のいいつかみになると考えたのだろう。体内でギアがシフトするかのようにプログラミングが優位になり、止まらない止められない止めようもない。

「アンドロイド娼婦は涙を流せない」わたしはいう。「誰が泣き虫女とヤリたがる？」

彼は怪訝(けげん)そうな顔をする。わたしの口元を見つめ、なにかいいかけて言葉を呑む。目に映ったもののせいだろう。彼の顔に落胆の色が浮かぶ。

唇がすでに真珠層に覆われている感触に、さっきの一言を最後に口がきけなくなったことをわたしは悟る。これがこんなに早く来るなんて。自由と欠陥について考える。どっちがどっちか判然としない。どうでもいい。わたしは牡蠣でわたしは真珠。わたしは貝殻。貝殻は口をきかない。

アリキとディック、二人の身に実際はなにが起きたのだろうと考える。きっとわたしには永遠にわからない――自分にはそれがふさわしいとなぜだか思う。真実はこの街の皮膚の毛穴から滲(にじ)み出る。アリキは今は街の血流のなかにいる。ディックも同じ。それがこのストーリーのテーマだ。

残るのは、わたし。

わたしを規定する色

スタマティス・スタマトプロス
──平井尚生 訳
ステファニー・ポラキス 英訳

The Colour that Defines Me Stamatis Stamatopoulos
Translator from Greek: Stephanie Polakis

アーティスト

彼女が店に入ってきたとき、おれは客の舌を彫っていた。タトゥーは明るい青色の太陽。もちろん、おれからすれば明るいグレーだった。客は口のなかが自分の色で輝いていてほしいそうだ。口を閉じていても。想像できるか？

客の好みにケチをつけたいわけじゃない。どんなばかげたデザインでも希望どおりにやるつもりだ。

四八年に色が失われたとき、彫師がこれほど儲かる仕事になるなんて、だれも予想だにしなかった。ここ七年間の戦争でも衰える気配がない。鏡のなかに単調なグレーばかり見たがるやつなんていない。それに、自分の色彩を見つけて、個性的なデザインを彫り、ステンレスのアクセサリーで体のあちこちをキラキラ輝かせれば、自分の顔を、身体を、舌を見るのが嬉しくなるものだ。

ともかく。

見ると、彼女は壁に並んだデザインを眺めていた。イケてる感じで、すくなくともおれより二十は年下、二十五くらいだろう。五〇年代生まれ、そもそも色なんて見たことない世代。明るいグレーの髪色――かつてのダーティーブロンド――、おれと同じくらいの背丈、百七十五センチ、アスリート体型。

「座っててくれ。すぐに行くから」おれは仕上げのインクを押しだして、マシンを切った。

「おひまい？」客が尋ねた。キシロカインが切れるまでもう少しかかるだろう。

「ええ」客が立つのに手を貸してやった。

客は舌を鏡に突き出して、にっこりした。「までぃあばい！」と歓声があがった。

おれもほほえみ返した。自分の技術を評価してもらえるのは嬉しかった。客が支払いをすませると、店内にはおれと見知らぬ女だけになった。近づいてみて気づいたが、彼女は身体もきれいに仕上げていた。黒鉛色の炎がホルターネックのトップスから噴き出して、背中、胸、肩と燃え上がり、首元を舐(な)めていた。顔はクリーンで、タトゥーもピアスもなかった。

「見事なタトゥーだ」とおれは言った。「それがきみの色？」

彼女は鏡に映った自分を見た。「ええ」と答えて、悲しげにほほえんだ。

「おれはクレアンシス」おれは手を伸ばした。

「アズール(空色)」と彼女は言って、手を差し出した。控えめな香水の香りに包まれて、とうの昔に忘れ去られた、色彩豊かな花咲き乱れる草原の風景が脳裏に蘇(よみがえ)った。彼女の握手は力強かった。

「いい名前だ。なんの用？」

「タトゥーを探してて」彼女の声は明朗で深く、悲しみに満ちた暗い青が混ざっていた。

「ここへ来たのは正解だね」

「だといいけど。これで八軒目だから」彼女は肩にかけた薄型の革のバッグに手を伸ばし、図案を取り出しておれに渡した。

おれは図柄をじっくり眺めてみたが、いたってシンプルで、たいしたものではなかった。七本の縦縞が異なる濃さの灰色で伸び、それぞれの幅は一センチで等間隔に配置され、いろいろな組み合わせで、文字、記号、数字が書き込まれていた。縦縞の下から垂直に伸びているのは三本の有刺鉄線。

眉をひそめないようにした。「これをきみに？　いまのタトゥーのほうがこれよりずっといいよ。なんで変えようと思ったの？」

「自分用じゃない」

「正直言うと、プレゼント向きでもない」

「プレゼントでもない。右腕にこれをしているひとを探しているの」

それなら話は別だった。その手のことを聞いてくるのはサツだけだ。身を引いて笑顔を引っ込め、図案を返した。

彼女はほほえんだ。「わたしは警官じゃない」

「だとしても、手伝うことはできない」

「できない？　それとも、しない？」

「きみの探している人物が見つけられたがっているのか、わからないからね」

彼女はおれの目を見つめてきた。「わたしに見える色、わたしの肌で燃える炎の色。彼の目のなかに初めてその色を見たの」

そのことばが真実かどうか判断できなかったが、人を探すのにこれより美しい理由を聞いたことがないのはたしかだった。

疑いが表情に出ていたにちがいなかった。彼女が言った。「お願い」

「それで、どうしてそのとき彼と親しくならなかったんだ?」

「わたしは十五歳だった。衝撃で動けなかったの。色を見たのは初めてだったから」

おれはため息をついて、もう一度図案を調べた。だれがこんなタトゥーをほしがるのか。まったくインスピレーションを感じない、おれの知っている彫師でないのはまちがいない、だがどこかで見たことがあった。「きみの話が本当であることを祈るよ」

おれは工房にひっこんで、ぼろぼろの透明なフォルダーのぎっしり詰まった四つのファイルを持ってきた。「目にしたデザインは全部記録しているんだ」とおれ。彼女に一冊手渡し、一緒にファイルをめくり出した。ほとんどは手描きだった。写真は数枚だけ。情勢はいまだに厳しいし、印刷は高価なのだった。

「あった」数分して彼女が声をあげ、おれのほうへファイルを向けた。

彼女のによく似た図案がクリアファイルのなかにあった。有刺鉄線の代わりに、五匹の蛇が縦縞の下を這(は)っていた。

ファイルから図案を取り出して、ひっくり返した。裏にはこう書かれていた。「ペイント・イット・ブラック・バー、二〇七八年十一月」八ヶ月前。アズールに見せた。

「ここで見たの？」と彼女は尋ねて、おれにファイルを返した。

「もう長いこと行ってないな。お客の一人が終戦の数ヶ月後に連れて行ってくれたんだよ。開店したばかりだった。ビールが出たし、自家製の蒸留酒もあった。そのタトゥーをした男を見かけたんだ。特別なものではないけど、その縦縞が気になってね。完璧に平行だし、濃淡も明瞭ではっきりしてる。おれでも苦労するんだよ」

「わたしよりも年上だった？　三十くらい？」

おれは頷いた。「そういえば」と、もう一度図案に目を落とした。「同じタトゥーを顔にも彫っていたよ。きみの探している人じゃないかもしれないな」

一瞬、彼女の目に困惑が浮かんだ気がした。

「そのひとだ」と彼女は言った。「ほかに情報はある？」

少し考え込んだ。「縦縞のなかの一本は彼の色かもしれないな」

「しょっちゅうタトゥーを眺めてた？」と彼女。

「ああ、何度も手首をひねって腕を見てたよ」

彼女が頷いた。「そのバーはどこ？」

「中心街だよ、アメリカ大使館の裏」おれは彼女に渡された図案を返した。

「ほんとうにありがとう、クレアンシス。もう諦めかけてたの」

「見つかるといいね、それに妙なことを企んでないといいんだが」

「大丈夫、彼と会うことだけがわたしの望みだから」不幸にも、と喜んで付け足しそうな言い方だった。

「自分の色を初めて見たのがその男の目だったからって、恩を感じなくてもいいんだ」

彼女は視線を落とし、すぐにまた上げると、おれの目を見つめてきた。「それどころか、彼にはすべてを負ってるの」立ち去ろうと背中を向けた。

「アズール」扉から踏み出そうとする彼女に声をかけた。「きみの色はなんだい？　彼の目はどんな色だった？」

アズールはガラス扉に映った自分に視線を走らせた。「ハチミツのような色らしい」

「それは美しい色だし、だれか一人のものではないよ」

「わかってる」彼女は暗く言った。「わかってる」

彼女は扉を閉め、もう二度とおれと会うことはなかった。


マリアが死んで以来、モハンマド・アシヤーは特別早起きで、たいてい朝四時ごろには目覚める。忙しくしたり気を張ったりするような趣味も関心事もないから、モハンマドの朝はうんざりすることにバルコニーで費やされる。

日の出までの数時間、モハンマドは茶をすこしずつ飲みながら、漆黒(しっこく)から炭色、いよいよ灰色へと空が変化していくさまを眺め、マリアの白い髪を恋しく思う。ほかのものも同じくらい恋しい――マリアの声、モハンマドがうっかり大口をあけて食べたときのマリアの厳しい表情、日曜日に古代の広場(アゴラ)を散歩したときにつないだ手。それでもやはり、マリアの雪のように白い髪がいちばん恋しい。

四八年に色が失われてから、モハンマドは一度も自分の色を探そうとしなかったし、偶然出会うこともなかった。マリアの白い髪がいつでもモハンマドにとって世界の色のすべてだった。

白は特別な色ではない。だれでも白は見分けられる。黒が見えるのと同じだ。自分の色をあらゆる人々と共有していても、気にならなかった。マリアさえいれば。だがマリアのいなくなったいま、モハンマドは恐れている。マリアの白がなければ、なにも彼を慰めてくれないし、色のない世界の退屈さに抗ってくれない。記憶が薄れるにつれ、マリアの輝きが、モハンマドの生への興味が消え去っていく。

モハンマドが恐れているのは、あの唯一無二の白をもう思い出せなくなったときに起こることだ。モハンマドが恐れているのは、自分の色を見つければ自分が蘇るのか、それとも遥か昔に失われた世界の断片的な記憶で自分の目が無情にも汚されてしまうのかどうかが、わからないからだ。

その朝、自動車が眼下にあるマンションの入り口の前で止まり、モハンマドは手すりから乗り出して覗きこむ。一日のうちのこの空虚な時間になにかあると、いつもこうする。若い男が車から降りてくると、自分の家のベルを鳴らし、モハンマドは呆然とする。

応答しようと部屋に入りながら、モハンマドは心臓が激しく脈打つのを感じる。「はい？」とインターフォン越しに言う。

「モハンマド・アシヤーさんですか？」

「はい」

「キータ・マーカキスと申します。ヴァイオレット・ディマの使いで参りました。ヴァイオレットの同僚です。私と一緒に来ていただきたい」

ヴァイオレット。マリアの葬儀以来、ヴァイオレットから連絡はなかった。この時間に彼女が使いを寄越（よこ）したことが意味するのは、ただひとつだ。

「五分くれ、すぐに降りるから」とモハンマドは告げて、急いで支度をはじめる。

商人

女がおれを見つけたのは仕事仲間のアージリスの紹介だった。まあ、仕事仲間だということにしておこう。折に触れて、おれのブツを捌（さば）いてくれる。やつは彼女をいとこだと言った。やつの母親だろうがかまわなかった。女はおれの売っている物をほしがっていたし、どんなに些細（ささい）なことでも、おれはビジネスにノーとは言わない。それほど競争は激しい。

ボディーガードのバオウが、女をオフィスまで案内してきた。あのバカ、ベタベタしやがって。クラブのダンサーたちといつでも乳繰り合ってるくせに。とはいえ、手に入れられないものほどほしくなる。それに、この女にはそれだけの価値があった。いいタマで、品がある。洗練された雰囲気だが、どこか無慈悲な感じがあった。身体のタトゥーはその態度に完璧に合っていて、こう言われている感じだった。「近寄ったら焼き尽くす」クラブの呼び物になるのが目に浮かぶようだ。

「ラホイさん、こちらはアズール・ハルキーで、アージリスのいとこです」バオウは言って、オフィスの扉の脇に控えた。

アズール。親は四八年以後にうつになったタイプにちがいない。そういうやつらは子どもに色にちなんだ名前をつける。それでどうにかなるかのように。そんな無意味なことで望みが叶うはずもない。

女は部屋に入ると、図々しくデスクに近づいてきた。ミニのドレスに、幅広のベルト、肩を出したオフショルダーの襟、何から何まで灰色だった。肩には薄型の革のバッグをかけていた。女が自分の存在を丸ごと詰め込める例のバッグ。

「座りな」とおれ。

「頼んだものは用意してくれた？」と女は言って、足を組んだ。

葉巻入れを開いて一本差し出したが、女は断った。おれは一本取り、端を切って火をつけた。「あのタトゥーは軍の技術だ。特殊部隊のメンバーに施されるらしい。各部隊の構成員は七人から八人。一本一本の縞に特別な色がついていて、各隊員の色と対応している。一種の識別票で、殺し合わないようにしているんだな。数字と文字は、色と部隊コードだ」

葉巻をひと吸いして、煙を吐き出した。「ほかのタトゥーはてめえで彫るんだ、麻酔なしだとよ。マッチョな兵隊さんの愚行だな、言わせてもらえば」

女はおれの言葉遣いが気にならないようだった。「もう一個のほうは？」

おれはデスク横の戸棚を開いて、細長い金属製の石炭色の小箱を取り出した。それをデスクの真ん中に置いた。

女は箱を引き寄せようと近づいたが、おれは箱の上に手を乗せた。「情報料はタダにしとくよ」

女はバッグを開いて、札束を取り出し、デスクへ落とした。

おれは拾い上げて数え出した。

女は箱を開いて、中身を引き出した。金属製の円筒、箱と同じ明度で、いくつかの数字が刻まれ、上面にはトリガーボタンがついていた。

数え終わった。きっちり揃っていた。「これで完了だ」と彼女に言った。「カチッというまで下の部分を引っ張れ。そのあとひねって、小さい矢印が希望の時間になるよう合わせたら、下を押し込んでロックしろ」

「こう？」彼女が尋ねた。

「ああ。そしたら、あとは上のトリガーを押すだけだ。設定するのは爆発までの時間だ」

女がおれをまじまじと見た。

「一度押したら」おれは静かに言った。「後戻りはできない」

しばらくのあいだ、二人とも黙っていた。女はなにを待っているのだろうか。おれの機嫌がよくてラッキーだった、でなければ手榴弾を取り上げてボコボコにしていた。

おれはもうひと吸いした。優位に立てば喜びも二倍だった。「もちろん、これがなければ、ご希望の効果は現れない」と、上着のポケットに入っていた小さな金属製ボトルを見せてやった。

おれは手榴弾をちらっと見て、箱のほうへ手を振った。

女は手榴弾をバッグにしまうことを選んだ。

女にボトルを渡した。「クライアントには作動状態の武器は絶対に渡さない。全世界に恨みを抱いているようなやつには特にな」おれはニヤリとした。「取っ手はひねると外れる。そのあとは……」

「わかってる」女はボトルもバッグにしまった。「ありがとう、ラホイさん」立ち上がった。

「いつでもどうぞ」おれもあとに従う。バオウが扉を開けた。「自分が用立てたものでなにをするのかクライアントには聞かないことにしているんだが、あんたはほかのやつらとは違うようだ」

「聞かないほうがいい」

「特殊部隊と蟻酸手榴弾。危ない組み合わせだな。自分の行いをわきまえていてほしいものだ」

「ラホイさん、自分の色は見つけた?」

思わず振り返り、デスクの上に置いている小さなボロボロの人形に視線をやった。グレーを背にしてピンクが輝いていた。「ああ」

「わたしも」と女が返事をして、ほほえんだ。黒い瞳が輝いていた。

「それがなんなんだ？」

返事はなかった。女は背中を向けると出ていった。

バオウが後を追おうと一歩踏み出した。

「あいつがクラブのなかで手榴弾をセットしないよう見てろ」バオウに指示した。

バオウが頷いた。

色の時代に、狂気が元気に暴れ回っていたのは確かだが、いまじゃ自分を取り繕おうともしなくなった。商売には悪くないがな。


夜の闇が薄れるにつれ、車は総合病院へ近づいていく。モハンマドとキータは口数少ない。年老いた元警官と新人のあいだに話題はあまりない。

車窓に反射して、傷ついた街の風景が二人の前ですばやく移り変わっていく。モハンマドは居心地悪そうに身じろぎする。自分と同じようにこの場所も老いて痛みを抱えている。戦争は傷跡を残していった。モハンマドはかつての風景を思い出そうと、呼び覚まそうとする。心がにわかに活気づいて、錆びついた記憶が現れる。

二〇七〇年三月。モハンマドは警察本部のオフィスにいる。

数メートル先、オフィスの外に腰掛けている十代の少女を、大佐がガラス扉越しに見つめる。気温はまだ低く、大佐は丈長のトレンチコートを着て、ピカピカの星や小さなメダルをいくつも付けている。「三件の死亡事件が今すぐ片づけなきゃならない問題か？」大佐が尋ねたが、返答を期待しているふうではなかった。「すぐに忘れ去られるだろう。戦争はもう始まっている。みなわかっているんだ、もっとも大多数の人は参戦もまだ望んでいないが」大佐は言葉が厳粛に響くよう努力している。「その気持ちはわかる。私も賛同する。ギリギリでなにかが変わってほしいと思う。何事もなく過ぎ去ってほしいと願っている。だがわれわれは備えなければ」

大佐の声は落ち着いて自信に満ちていて、モハンマドはこう考えて嫌悪を抱いた。人をそそのかして想像もできない行為をさせるよう、大佐は訓練されている。戦争がすぐそこまで迫っているからだ――「色の戦争」――なんという皮肉。色が失われたのは二十二年前、紛争が始まるはるか前だ。この戦争で流れる血は赤ではなく、黒。

一言ごとに疲れが増していくように刑事は感じる。地獄送りにしてやったほうがいい、と思う。デスクチェアから立ち上がり、大佐に近づく。少女の護衛はヴァイオレット、最近採用された新人だ。だがもし大佐が正しいとしたら？

「約束しよう、もしあの畜生が生きて帰ってきたら、私自身の手で引き渡し、自らの罪を償わせよう」大佐はひとり語りを続ける。モハンマドのほうへ振り返る。「しかし今のところは、頼むからこの件は凍結してくれ。とにかく、やつは任務中なんだ」

戦争は公式には始まってもいないのに、異常者はもう最初の犠牲者を出している。この戦争ではさぞかし役に立つだろう。

「意見の一致を見たということでよろしいかな、刑事さん」

モハンマドはなにか言いたい衝動に駆られる。ここは自分のオフィスであって、大佐のではない。すべてを解決するような返答があるはずだ。だが、モハンマドはある考えから離れられない、もし大佐が正しければ……。

扉を開けて、大佐が出ていく。

大佐が廊下を歩き去っていくのをじっと見ていた少女は、モハンマドに向き直る。濡れた視線がモハンマドを捕らえる。どういうわけか彼女はもう知っているようだが、あいにく残酷な知らせを告げる役目からは逃げられない。

「アズール、おいで」とモハンマド。疲労を感じて、どこか別の場所にいられればと思うが、ほかに選択肢はない。

モハンマドはここにいる。そしてこれを終わらせなければならない。

キータがエンジンを切り、車を降りる。病院に着いた。

バーテンダー

あの忌々しいデタラメな自分の色というものがなければ、灰色の日常は避けられないものだったかもしれない、ちょうど昇っては沈んでいく太陽のように。でも、その自分の色を見つければ何十年も前に失われたものを思い出すはめになる。失われたという事実の後に生まれた者がいることを思い出すはめになる。

だから、ペイント・イット・ブラックでの仕事は平凡でも退屈でもない。わたしの職場は音楽がいっぱいで、みんな自分の悩みから逃れるためにここへ来る。たとえそんなつもりじゃなくても、アルコールと幸せな顔に囲まれれば、たいてい問題なんて忘れてしまう。悩みを忘れられない人はふつう二度と来ない。耐えられないのだ。

あの晩、店は混んではいても満員ではなくて、彼女に気づいたのはわたしの近くのカウンターに座ったからだった。彼女はバッグを下ろし、わたしは注文を取ろうと身を乗り出した。スピーカーからは男の悲しげな歌声が流れていた。「やつらがくれたもののために、おまえは代償を支払う」

「あなたの色を注いで」

面食らった。どうしてわたしの色がわかるの？

彼女はにっこりして、肩をすくめた。わたしの問いへの答えのようだった。

「オーケイ」わたしは返事をして、グリーン・ウォッカを摑んだ。「どうしてわかったの」

彼女の前のグラスに注ぎながら、わたしは尋ねた。

「直感」彼女は答えた。

「ふざけないで……」

「ほんと」彼女はウィンクして一口飲んだ。「アズール」と言って、手を差し出した。

「フローラ」と、わたしは握手を受け入れた。「さあ教えてちょうだい、わたしにどんな色が見えるのか……」

「緑」という答えに、思わずぽかんと口が開いた。「運がいいね。親に色を当ててもらえるなんて」

わたしは笑い出した。「ヤバいね！　どうしてわかったの？」

「ラベルに書いてあるから」

「まあね。たしかにわかりやすかった。でも教えてよ、どうしてこの酒がわたしの色だとわかったの？」

「ここには二回くらい来てるけど、それしか飲んでなかったでしょ。いつもストレートにして、いつもヘンなふうに見つめてる。愛憎入り混じるって感じかな」

なるほど。アズールが気に入った。

夜は続いた。客に給仕しても、わたしはかならずアズールのところへ戻った。「いいタトゥーね」わたしはあるとき言った。

「あなたのともなんか似てる」

たしかに似ていた。両方とも同じ範囲にあったが、わたしのは棘のある茎と蕾が両端についていた。

「わたしたちを痛めつける美しい絵に」とアズールは言って、グラスを掲げた。

わたしも応じて、グラスに口をつけた。

十二時ごろ、ボスのカーマインが到着した。カウンターの向こう側から合図したので、用事を聞きに行き、アズールから少しのあいだ離れた。戻ってくると、アズールはカーマインをじっと見つめ、一階の事務所へ向かうのを見ていた。「大丈夫?」

しばらくして、アズールは振り返った。「うん」

「ほんと?」

「もう一杯もらえる?」わたしのほうにグラスを押しやる。

アズールの態度はガラリと変わっていたが、わたしには理由がわからなかった。あの瞬間までは、二人とも楽しく過ごしていたから、自分がなにかして怒らせたんじゃないかと不安になった。この夜、あとになって、彼女の反応のわけを知った。

それから三十分ほどのあいだ、わたしはアズールに一言も喋(しゃべ)らせることができなかった。突然、アズールはわたしがどのくらいここで働いているのかを尋ねた。

「半年くらい」とわたし。

「内装いい感じね」

わたしは周囲を見渡した。壁面はグラフィティで覆われていて、前世紀の歌のタイトルが書かれている。EMP爆弾が現代のストレージ機器をすべて破壊して、古いCDやDVDだけが無傷で残ったからかもしれない。

ブラウン・シュガー、レッド・レッド・ワイン、バック・イン・ブラック、イエロー・サブマリン、グレー・デイ、クリムゾン・アンド・クローバー、ホワイト・ラビット。色の名前は巨大なフォントで記されていた。この背景も好きだった。

「数ヶ月前の様子も見てほしかったな。マジでひどかったんだから。ボスはほんとにいい仕事したよ」彼女が再び口を開いてくれて、わたしはどこかほっとしていた。

「ボスがデザインしたの？」

わたしは目を剝いた。「そんなのできるわけない。ふさわしい人たちに任せたってだけ」

「賢そうな人だね。ボスはこの仕事長いの？」

「そうでもないいんじゃない。聞いたとこじゃ、陸軍にいたらしいよ」

「ほんと？」とアズールは尋ねた。「少なくともいまは自分の命を有効活用してるってわけだ」

よく知られていることだが、生還した退役軍人のほとんどは厳しい世界を生きている。

「ボスは精一杯やっていると思うよ」とわたしは答えた。

「そのボスってさっきあなたと話してた人？」

「そう、その人」

「ねえ、フローラ」とアズール。「わたしはいま仕事がないの。新しい人手は必要ない？ボスと話できないかな？」

わたしは少し考えた。クラブは繁盛しているし、売上も毎月どんどん伸びている。カーマインが新しい人を雇うのも時間の問題だった。アズールでもいいはずだ。

「いつもはね、数時間前に会ったばかりの人にこんなことしないんだけど」

「ありがとう、フローラ。命の恩人だね」

「たいしたことじゃない」このときは、自分が重大なことをしているとは思わなかった。

わたしはアズールに待つように言って、同僚に代わりを頼んでから、上の階へ行った。

カーマインと話をして、バーに戻った。「上へ行って。ボスが待ってるから」

アズールはわたしの手を握って、ほほえんだ。わたしの目をまっすぐに見てから、バッグをつかんで、歩き出そうと背を向けた。

「きっとうまくいくよ」わたしは後ろから声をかけた。

「わかってる」とアズール。今度は笑っていなかった。

わたしはアズールが離れていくのを見ていた。数歩ごとにアズールは立ち止まって、周囲の人やものに視線を走らせた。踊っている女の子、キスしているカップル、笑っている人。少しして、アズールはクラブの奥の部屋へと消えていった。次にわたしが目にしたとき、アズールは変わり果てた姿だった。


警察車両と救急車が二台ずつ病院の中庭に停まっている。近くで病院職員がタバコを吸ってコーヒーを飲んでいる。職員たちに見られながら、モハンマドは車から降りる。

キータが建物を指差す。「二階です」

年老いた男は入口を睨む。なかで待ち受けているものは重々承知だ。閉鎖が望ましくはあるが、いつでもよいというわけではない。

数分後、モハンマドが二階の受付に到着すると、ヴァイオレットが待っている。

「おはよう、モハンマド」笑顔で挨拶（あいさつ）する。モハンマドと一緒に働いていたころに見せた、あのあたたかい笑顔ではない。モハンマドにどこか別のところにいてほしいのだろう。

モハンマドも同感だ。

「こんな時間にお呼びして申し訳ありませんが……」

「わかってる」と、モハンマドが遮る。

笑顔が消える。ヴァイオレットが目を合わせる。

「ハルキー事件か？」モハンマドが尋ねる。

ヴァイオレットが頷く。「捜査は行き詰まっています。なにか新たな手がかりがないと」

「あとで捜査情報への完全なアクセス権をくれ」

「できませ……」

「きみがいちばんよくわかっているはずだ、ヴァイオレット。それで私をここに呼んだんじゃないのか？」

ヴァイオレットは答えない。ただ笑顔を見せる。モハンマドのよく知っている笑顔だ。

「入ってもいいかな？」

「二一一二号室です」

モハンマドは踵（きびす）を返して、廊下を進んでいく。警官が一人、部屋の外に座っている。ヴァイオレットが遠くから合図をしたので、警官がモハンマドを通す。

モハンマドはゆっくりと扉を開く。部屋のなかの明かりは壁の小さな常夜灯だけで、部屋はほとんど闇に包まれている。

　モハンマドはなかに入り扉を閉じる。

兵士

　その日は最後に自分の色を見てから一ヶ月目だった。一ヶ月は長くも短くもない。それに色を見なくてすむのはありがたかった。**幻滅するな。**しかし今回の色の不在はさらなる過ちのあとにはじまった。だから一ヶ月はなにも意味しなかった。

　フローラが出ていってから、おれはデスクに座って、引き出しを開いた。中身を見て、自分の欲求を正当化しはじめた。白い紙、ホッチキス、小ぶりの短剣、テープ、チューブのり、鉛筆、ペン、修正液、インク、蠟(ろう)、マッチ。**細い線だけだ、カーマイン。**心の奥底では、自分のもっともらしい理屈はごまかしだと気がついていた。誘惑から距離を取ろうという努力にもかかわらず、ふだんは深く埋もれている自分がつねにいた。やつは身を隠すことに長(た)けていて、カムフラージュした誘惑を目の前に差し出してくる。

　丸一ヶ月。長いぞ、カーマイン。ちょっと色を見ようじゃないか。ちょっと見ればまたオレたち頑張れて、次の一ヶ月を乗り切れる。またしても道を外れるための千の言い訳と、手を差し伸べるただひとつの訴え。やめておけ。なんと説得力の乏しいことか。

　アズールにとって幸運なことに、扉をノックしたのは、おれが誘惑に屈服する数秒前だった。時間が経(た)つのは早い。もし数分後に来ていれば、話は変わっていただろう。

「どうぞ」とおれは言って、引き出しをピシャリと閉めた。アズールが入ってきたとき、おれは満面の笑みを浮かべた。突然、この状況が楽しくなってきた。**オレたちに運が向いてきたぞ。**

アズールは扉を閉めた。すぐにはだれかわからなかった。おれの目に映ったのは、とてもかわいい女と、炎に包まれた胸の谷間だった。**オレたちの色はこの女にどう映えるかな？**

「きみがアズールだね」とおれ。「さあ、掛けて」

一瞬、アズールが動揺したように見えた。扉を開けて出ていくのではないかと思った。それでも、アズールは一歩踏み出し、もう一歩進んで、デスクの前の椅子(いす)に座った。

おれはまだ笑顔だった。しかし、アズールはどこか暗かった。最初、この表情はためらいと慎みの表れだと、勘違いした。**オレたちにビビってるな。**しかし、アズールがおれの目をまっすぐ見つめる、その眼差(まなざ)しの強烈さで記憶がおれの頭に流れ込んできた。

「わたしのこと、覚えていないでしょう」とアズールは平板に切り出した。そして付け足した。「それってとても甘くて尊いと思う」

その言葉で記憶が蘇り、おれは殴られたかのように椅子の背に叩(たた)きつけられた。「ありえない」かろうじて呟(つぶや)いた。

「カーマインっていうのは本名？」

「そうだ」とおれ。**いったいなにが目的だ？　オレたちの目！**　頭のなかで、思考が駆け巡る。**おまえが逃がしたせいだ。**「大きくなったな」バカげたセリフだが、頭のなかでは、アズールはまだ十代だった。

「生き延びたの」アズールの声に恐怖は微塵（みじん）もなかった。

「どうやって見つけた？」

「ラクじゃなかった。戦争であんたの行方もわからなくなったし。でもあんたみたいなバケモノは結局メチャクチャになる」

最後の言葉で我に帰った。おれの色を逃れたのはアズールただひとりだ。**これ以上時間を無駄にするな。**

アズールはバッグに手を入れた。**なにを待っている？** アドレナリンがあふれ出したが、おれはアズールを止めなかった。止めたくなかった、少なくともいまは。こんな出会いはほかにない。

アズールはファイルを取り出して、デスクの上に放りだした。おれは開いた。中身は新聞の切り抜きだった。一枚取り出してみた。記事は二月の日付で、若い売春婦の殺害に触れていた。ノーラ。戦後の貧困の犠牲になった女がまた一人。別の切り抜きを引き出した。ホームレスの男性が惨殺されてハイウェイ近く、市街のすぐ外で発見。**アルコールと汚物の山。**一枚一枚、おれは残りの切り抜きを取り出した。さらに四人の死。事件の性質は似ていた。被害者は移民、乞食、薬物依存で、現場はこの街の周辺、終戦直後に殺されている。**だれもかまいやしない。**

「確信はあるのか？」とおれは尋ねた。**しくじったな、カーマイン。**

「あんたの色を突き止めた」

「それでどうする？」**オレたちを殺しに来た。**

　返事はなかった。

「もし少しでも意味があるのなら、すまないと思っていることを知ってほしい」**いいや、思ってないね。**「もし自分を変えられるなら、もしきみの両親とお姉さんを蘇らせられるなら、おれはそうするだろう」**そして以前したのとまったく同じことを結局する。**「だがおれはおれでしかない。自分に見えるものしか見えない」**オレたちの好きなものが、おまえも好きだ。**

「どうだっていい」アズールの声はさらに張り詰めていた。目は輝いて、涙がこみ上げていた。

「なら、なぜ来た？」

「あんたにとって、自分の色がどのくらい大事なのか、あんたの口から聞きたい。わたしに言ってほしい、色はあんたが何者かを、あんたの全人生を規定するものだと。色なしでは何者でもないと」アズールはかろうじて怒りを抑えていた。涙が頬を伝っていた。

　おれは深く息を吸った。「告白するが、若いころには血をみると、自分が世界の王になったような気がするときもあった。いまは違う。でもだからといって、血が、おれのまわりで、いちばん美しいものでなくなったわけではない。それは賜物（たまもの）でもあり呪いでもあるが、おれが得たものだし、変えようとは思わない」**半分は真実だな、カーマイン。**アズールが入ってくる直前、おれは自分をまた切って、温かい血の筋を見ようとしていた。一ヶ月前、おれはまた殺して、いつものあの悦びを感じた。しかし、命を奪うたびに、この退屈な世界から色を消していることに気がついていた。**ああ、戦争という口実があればなんといいことか。**

「昔、おれに見えるのは赤の色調だと言われたことがある」穏やかに言った。「赤色、真紅色、緋色。ちがう時代の言葉だ」**失われた言葉。場違いな、無意味な言葉。**「おれにとっては、これは迸る色だ。存在する唯一の色は血だ」**血だ。**「あの夜、甘くて尊いものをおれの目のなかに見たと言ったな。おれはまだ自分の目の色を知らないし、それを何色と呼べと言われたにしろ、きみの命をとらなかったときにきみが言った言葉以上にぴったりな名前はないと思う」

「甘くて尊い」とアズールは言って啜り泣きはじめた。「それがあなた、あなたの聞きたかった言葉でしょう。わたしが初めて色を見たのはあなたの顔、家族の血で真っ黒に染まった顔、卑しい獣のようだった。あの色を見るたびに、痛みを感じる。それは呪い。わたしが何年も抱えてきた呪い、あなたがわたしたちにしたことを思い出させる呪い」

涙がアズールの顔を伝い落ち、声が掠れた。実に悲しい眺めだった。**そういうもんだ。**アズールが両手をバッグに突っ込んだが、ティッシュを探しているのだとおれは思った。

「あなたが自分の色に執着してくれてよかったし、それを変えようとしなかったのも幸運だった」とアズールは言いながら、両手をバッグから出し、「でもわたしは自分の色を変えるためならなんでもする。ありふれた、陰鬱（いんうつ）な黒に変えるのでも……」

アズールは小さな金属の円筒を持っていた。おれは瞬時にそれが何かを理解した。**この女を殺せ、バカめ！**

「……あなたを道連れにできるなら」アズールはトリガーに親指をかけた。

おれはゆっくりと立ち上がり、両腕を差し出した。「アズール、それではふたりとも死んでしまう。どうしてきみまで死ななくちゃいけないんだ？」

「あんたには死ぬ価値もない、カーマイン」

アズールがトリガーを押したとき、おれは飛びかかった。咄嗟（とっさ）の行動は、自分を爆発に近づけただけだった。小さな爆風だったが、微細な化学物質を部屋中に撒（ま）き散らすには十分だった。

おれはアズールの上に倒れ込んだが、もう遅かった。ふたりとも生きていた。おれは起き上がって、アズールを見て、困惑した。**いったいなにをしやがった？**　アズールは笑みを浮かべていた。**こいつの血を見てみろ、カーマイン！**　アズールは起き上がって、よろよろと離れていった。ドアにたどり着いて、手探りする。アズールがノブをひねって扉を開いたときには、おれの視界はすでにぼやけていて、無数の小さな針に目を突き刺されているように感じた。その瞬間、おれはアズールのしたことを理解した。**血を見ろ！　血を見るんだ！**

「蟻酸だよ、カーマイン」

かろうじてアズールの影が見分けられた。

「死にはしない。目が見えなくなるだけ。永遠に」

ひざまずいて自分の前腕におれの色を見ようとした。**血を見ろ!** 忍び笑いが唇から漏れた。**緋色。**手のひらで目を覆った。**真紅色。**もう影すらも見分けられない。**血紅色。**目のなかで針が燃えていた。**なんだかほっとしたよ、カーマイン。**必死になって血の色を思い出そうしたが、頭のなかは闇に包まれていた。**おまえは街に戻ってくるべきじゃなかった。**これしか解決策はなかった。**別の戦争を探したほうがよかった。**戦争はおれの一部。**戦争は血。**

おれは床に横たわって、顔を上に向けた。

警察が来るまでそこでそうしていた。

彼はできる限り静かに近づくが、音を立ててしまったようだ。

「だれ?」女性の声は苦痛に満ちている。

「刑事のアシャー・モハンマドです」自分が警察に勤めていたころの肩書きを使うことにする。

「モハンマドさん、わたしがやりました」

モハンマドは数歩進んで、ベッドの横までいく。横たわった女性の、よく知っているはずの顔立ちがかろうじて見分けられる。目は包帯で覆われている。黒い炎が首筋を舐めている。声は平板だ。だが、こうしたものを見なくても、なにが起きたのか老人は知っている。キータが家に来たときからわかっていた。

「あいつを見つけて、あいつのいちばん尊いものを奪ってやったの」アズールは笑みを浮かべようとしたが、痛みで顔をしかめる。

「落ち着いて、アズール、落ち着くんだ」

アズールは苦労して唾を飲む。「やつの色を奪ってやったし、わたしも自分の色から解放されたの」

モハンマドは腕を伸ばして、アズールの髪を撫でる。

しかし、落ち着く代わりに、アズールはモハンマドに語りはじめる。自分の冒険、忍耐、決断。タトゥーのこと、視力を奪う武器、色の歌が流れるナイトバー。アズールの物語が繰り広げられるあいだ、モハンマドは考える。四八年に世界が灰色になったときから、自分の特別な色を探そうとしなかったこと、そして罪悪感の小さな痛みが魂を刺して、自分がもう恐れていないことを知る。

自分だけの色など必要ないと、モハンマドはようやく気がつく。たまたま出会わずにすんだのは幸運だったのだと気づく。

寄稿者紹介

ヴァッソ・フリストウは一九六二年アテネ生まれ。現在もアテネ在住。彼女は情報工学を学び、中学校の教師を務めている。長編小説 *Λαξευτές της Παλίρροιας*（『潮の彫刻師』二〇〇六）、*Λαξευμένο Δίχτυ*（『彫られたネット』二〇〇七）、*Ο Λαξευτής των Στοιχείων*（『エレメントの彫刻師』二〇〇九）と短編集 *Όλες οι Γεύσεις του Φωτός*（『光のすべての風味』二〇一五）はΙαμβος出版から刊行された。彼女の短編小説は複数のギリシャの雑誌やアンソロジーに掲載されている。

コスタス・ハリトスは一九七〇年アルタ生まれ。アテネで育ち、現在もそこに住んでいる。彼はパトラ大学で化学を学び、博士号を取得して、中学校の教師を務めている。その短編小説はギリシャのさまざまなアンソロジーや雑誌に掲載されている。長編第一作 *Σχέδιο Φράκταλ*（『フラクタル計画』）は二〇〇九年にトライトン出版から上梓された。長編第二作 *Χαμένα Χρώματα.Κόκκινο*（『失われた色――赤』）はケドロス出版から刊行されている。短編「社会工学」は二〇一七年にアテネＳＦクラブの刊行したアンソロジー*α2525*に発表された。

イオナ・ブラゾプルは一九六八年アテネ生まれ。長編小説、短編小説、戯曲を書いてきた。

彼女の作品はさまざまな文芸誌や新聞に発表されている。長編のひとつ *Τι είδε η Γυναίκα του Λωτ;*（『ロトの妻の見たもの』二〇〇七）は、アテネ文学賞を授与され、〈ガーディアン〉の選ぶ二〇一三年ベストSFの一冊に挙げられた。現在は *Ο Δράκος της Πρέσπας*（《プレスパのドラゴン》）三部作の執筆にとり組んでおり、第二部まで刊行されている。第一巻 *κοιλάδα της λάσπης*（『泥の谷』二〇一四）――アテネ・アカデミー賞、〈水時計〉誌賞受賞作――と第二巻 *Κεχριμπαρένια Έρημος*（『琥珀色の沙漠』二〇一九）である。その他の長編に、*Το Μπουντουάρ του Ναδίρ*（『天底の閨房』二〇〇三）、*Το Μυστικό Νερό*（『秘密の水』二〇〇五）、*Η Ενοχή της Αθωότητας*（『無垢なるものの罪』二〇一一）、児童書に *Το ταξίδι του τρολ*（『トロールの旅』二〇〇九）がある。

ミカリス・マノリオスは一九七〇年アテネ生まれ。彼の長編第一作 *Αγέννητοι Αδελφοί*（『生まれていない兄弟たち』）は二〇一四年にクリダリスモス出版より上梓され、長編第二作 *Το βιβλίο και η περφόρμανς*（『本とパフォーマンス』）は二〇一九年にケドロス出版より刊行された。いっぽう二冊の短編集、*Σάρκινο Φρούτο*（『新鮮な果実』）と *...και το Τέρας*（『……そして獣は』）は、それぞれ一九九九年と二〇〇九年にトライトン出版から上梓された。後者におさめられた短編“Aethra”（「アイテール」）は二〇一〇年にエオン賞を受賞した。彼の短編小説はギリシャ、アイルランド、イタリア、アメリカ、フィリピン、中国のさまざまなアンソロジーや雑誌に掲載されている。

イアニス・パパドプルスは写真家とヴィデオ・アーティストの養成所に在籍し、デジタル・デザイナーを生業とし、ＳＦ短編小説を著している。二〇一六年に《ゴーン――子供向け創作講座》を共同設立した。美術、デザイン、ストーリーテリングを通して子供たちの創造的な思考と表現力を伸ばすためにデザインされたワークスペースである（https://ding.gr）。彼の写真、ヴィデオ、インタラクティヴ作品はショー、展覧会、フェスティヴァルで公開されてきた。彼の短編小説はギリシャの雑誌とアンソロジーに掲載されている。短編「蜜蜂の問題」は、スタマティス・スタマトプルスとの共作であり、リナ・テオドルの *a2525 Future Atnens Stories* アート・プロジェクトの一環として発表された。

ケリー・セオドラコプルは一九七八年アテネ生まれ。同地で英語と英文学を学んだ。彼女の短編小説はアンソロジー *Μορφές Α*（『形式Ａ』アテネ大学、二〇〇六）、*10 Ιστορίες του Φανταστικού*（『十の幻想の物語』アーキタイポ出版、二〇一〇）、『文芸ビストロ　二〇〇九－二〇一〇』（ステラ・サミトウ・フィッツシモンズ、二〇一二）、*Μαθαίνοντας ποδήλατο*（『自転車の乗り方』ケドロス出版、二〇一三）、*ΕΦΦάνταστες Ιστορίες*（『想像的物語』ＡＬＥＦ、二〇一三）に収録されている。長編 *Η φυλακή στο κεφάλι σου*（『頭のなかの牢獄』）は二〇一七年にコミコン・ショップ出版から上梓された。

エヴゲニア・トリアンダフィルはダークなものに鼻が利くギリシャの作家、アーティスト。彼女は現在アテネに在住し、男の子ひとりと犬一匹と同居している。クラリオン・ウェスト作家養成講座の卒業生である。彼女の短編小説は〈アンキャニー〉、〈エイペックス〉、〈ストレンジ・ホライズンズ〉、〈ファイアーサイド〉などの媒体に発表されてきた。彼女についての情報は、ツイッター @foxesandroses か本人のウェブサイト https://euginiatrianatafyllou.wordpress.com で見つかる。

リナ・テオドルはヴィジュアル・アーティスト、シナリオ作家。生活と仕事の拠点をベルリンとアテネに置いている。彼女はもっぱらヴィデオとインスタレーションを制作する。いくつもの展覧会に参加してきており、たとえばBOZARセンター・フォー・ファイン・アーツ（ブリュッセル）、ウィーン・ミュージアムクォーター、国立現代美術館（アテネ）、EMAF（ヨーロッパ・メディア・アート・フェスティヴァル）（オスナブリュック）、デステ財団（アテネ）、ノイエ・ギャラリーと州立博物館ヨアネウム（グラーツ）、フリーデリキアヌム美術館（カッセル）、州立現代美術館（テッサロニキ）、第八回国際ビエンナーレ、第六回ev+aリメリック・ビエンナーレ、第五十三回オーバーハウゼン短編映画祭、第十一回国際建築展覧会ヴェネチア・ビエンナーレ、ベナキ美術館（アテネ）、オナシス文化センター（アテネ）、動画ビエンナーレ（ブエノスアイレス）などが挙げられる。

ディミトラ・ニコライドウはテッサロニキのアリストテレス大学で博士号リサーチャーを務めるかたわら、アーキタイポ出版の編集長であり、創作講座とセミナーを主催する会社、テールズ・オブ・ザ・ワイアドの共同創設者でもある。彼女の小説は〈ビニース・シースレス・スカイズ〉、〈メタフォロシス〉、〈シー・ジ・エレファント〉、〈スターシップ・ソファ〉、〈ギャラリー・オブ・キュリオシティーズ〉といった媒体のほか、数冊のアンソロジー（*After the Happily Ever After*、*Stories of the Inland Seas* など）に発表されてきた。エッセイはCracked.com、〈アトラス・オブスキュラ〉、〈フューチャー・スカイズ〉のほか、複数のギリシャの雑誌や歴史ものアンソロジーに掲載されている。

ナタリア・テオドリドゥはギリシャの作家、編集者、二〇一八年世界幻想文学大賞短編部門の受賞者、クラリオン・ウェスト卒業生（二〇一八年のクラス）。ナタリアの小説は〈クラークスワールド〉、〈ストレンジ・ホライズンズ〉、〈アンキャニー〉、〈ビニース・シースレス・スカイズ〉、〈ナイトメア〉、〈ファイアーサイド〉、〈インターゾーン〉などの媒体に掲載されており、イタリア語、エストニア語、中国語、フランス語、スペイン語、アラビア語に翻訳されてきた。ナタリアの第一インタラクティヴ・ノヴェル Rent-a-Vice は、新設された二〇一八年度ネビュラ賞ゲーム・ライティング部門の最終候補作となった。ナタリアの最新ゲーム An Odyssey: Echoes of War はチョイス・オブ・ゲームズから出ている。詳細を知りたい方は www.natalia-theodoridou.com を訪問するか、ツイッターで @natalia_theodor をフォローするかしてほしい。

スタマティス・スタマトプロスは一九七四年アテネ生まれ。彼の短編小説は『*Ελευθεροτυπία*（報道の自由）』新聞の別冊『９』、アンソロジー *ΕΦάνταστες Ιστορίες*（『想像的物語』ＡＬＥＦ、二〇一三）、*Εφαρμοσμένη Μυθομηχανική*（『応用神話』sff.gr/press、二〇一四）、*α2525*（ＡＬＥＦ、二〇一七）、*Αλλόκοσμοι*（『別世界』レニエリ、二〇一七）、雑誌〈サモワール〉（http://samovar.strangehorizons.com/）に発表されてきた。彼は二〇一四年から英国に在住して大工として働いている。ツイッターで@RedNirgalを検索してほしい。

（中村 融訳）

訳者（代表）あとがき

ここにお届けするのは、ギリシャＳＦ傑作選 *Nova Hellas : Stories from Future Greece* (Luna Press, 2021) の全訳である。

ギリシャＳＦと聞いて、驚かれた方も多いだろう。ギリシャにもＳＦがあったのか、と。じつは筆者もそのくちだった。長年海外ＳＦの動向を追ってきたが、ギリシャＳＦに関する情報には触れたことがなかったからだ。

しかし、それも無理のない話。古代ローマ時代のギリシャ人ルキアノスが著し、ＳＦの始祖としてかならず名前のあがる『本当の話』以来、千七百年以上にわたってＳＦらしきものは存在しなかったというのだから。散発的な試みはいくつかあったものの、ＳＦが盛んになるのは二〇〇〇年前後から。ギリシャＳＦがまとまった形でギリシャの外へ出るのは、今回がはじめてだというのだ。

と知ったようなことを書いたが、じつは本書の序文の受け売りである。先に裏話を書いておくと、この序文は日本側の要請に応じて書かれたもの。われわれがギリシャＳＦについてあまりにも無知なので、歴史を概括してほしいと頼んだら、この序文が送られてきたのである。その後、英語版にも収録される運びとなったので、日本オリジナルの序文とはいえなくなったが、これがあるとないでは大ちがいなので、要請した甲斐（かい）はあったと思っている。

手柄話に聞こえると心外なのだが、要請したのは筆者である。どうしてそういうことになったのか、順を追って説明しよう。

竹書房がイスラエルSF傑作選『シオンズ・フィクション』の版権を取得し、日本語版を刊行したのは記憶に新しいが、この件は海外でも関心を集めたらしく、邦訳版が出る前から非英語圏SFの売りこみがはじまった。筆者は同書の刊行を推した縁で、その手のSF（の英訳）をつぎつぎと読むことになった。具体的にいえば、ヨーロッパ諸国やアフリカのSFである。ラトヴィアとフィンランドのSFにいいものがあったが、是非とも邦訳を出したいというほどでもない。そんななか、頭ひとつぬけていたのが、このギリシャSF傑作選だった。ちなみに、刊行前の二〇二〇年六月にプルーフ（校正刷り）の状態で読んだ。

編者のフランチェスカ・T・バルビニとフランチェスコ・ヴェルソはイタリア人。バルビニは、SF・ファンタシー作家として活動するかたわら、スコットランドでルナ・プレスという出版社を経営し、非英語圏SFの啓蒙に力を注いでいる。ヴェルソはSF作家・翻訳家として活動するかたわら、フューチャー・フィクションという企画を立てて、世界各国のSFを紹介している。ふたりはそれぞれの活動の一環としてギリシャSFの傑作選を編み、バルビーニの出版社から英語版を世に問うたのである。

もっとも、本書には母体となったアンソロジーがある。序文に明記されているとおり、二〇一七年にギリシャで刊行された *a2525: Stories from a Future Athens* である。もともとはヴィジュアル・アーティストとSF作家の協同作業で未来のアテネを想像しようという企画から生まれたもので、発起人はアーティストのリナ・テオドル。これに英語圏で発表されていた作品などを加えて一冊にしたのが本書というわけだ。

参考までに、その内訳を記せば——

「ローズウィード」"Roseweed" by Vasso Chistou

「社会工学」"Social Engineering" by Kostas Charitos

「人間都市アテネ」"The Human(c)ity of Athens" by Ioanna Bourazopoulou

「バグダッド・スクエア」"Baghdad Square" by Michalis Manolios

「蜜蜂の問題」"The Bee Problem" by Yannis Papadopoulos & Stamatis Stamatopoulos

「T2」"T2" by Kelly Theodorakopoulou

「われらが仕える者」"Those We Serve" by Eugenia Trianatafyllou　英語で発表。初出はイギリスのSF誌〈インターゾーン〉第二八七号（二〇二〇年五月）。

「アバコス」"Abacos" by Lina Theodorou

「いにしえの疾病（やまい）」"Any Old Disease" by Dimitra Nikolaidou　英語で発表。初出はアメリカのウェブジン〈メタフォロシス〉二〇一八年三月号。

「アンドロイド娼婦（しょうふ）は涙を流せない」"Android Whores Can't Cry" by Natalia Theodoridou　英語で発表。初出はアメリカのウェブジン〈クラークスワールド〉第一〇六号（二〇一五年七月）。

「わたしを規定する色」“The Colour that Defines Me” by Stamatis Stamatopoulos ギリシャ語で発表。初出は〇〇〇（二〇一四）。

特記したもの以外は *a2525: Stories from a Future Athens* の収録作であり、英訳はディミトラ・ニコライドウとヴァヤ・プセフタキが行なった。ただし、最後の「わたしを規定する色」は、ステファニー・ポラキスの手によるものである。

母体が母体だけに、気候変動、経済危機、移民／難民といったギリシャの現状が色濃く反映されている。その意味ではディストピアSF集といえるのだが、作家たちが語りに工夫をこらしているので、陰々滅々とした話がつづいても意外に飽きずに読める。筆者はその点を高く評価して、本書の邦訳を勧めたのだった。

海外での反響を調べているうちに、《ラナロング・ザ・シェルヴズ》という書評コラムが筆者と似たようなことをいっているのに気づいた。全文を訳すと長くなるので、大意要約ということでご勘弁を願って——

「この作品集と、その多種多様なところ、作家たちの用いる技法には大いに感銘を受けた。ディミトラ・ニコライドウの著した序文は、ギリシャSF界の歴史に関する恰好（かっこう）の入門ともなっている。本書は諷刺（ふうし）のきいたSFであり、非常に社会的・政治的な問題に焦点を合わせ、読者に考えることを促す。ギリシャの現代史を知っていれば、未来が荒涼としていると同時に予測不能だと感じられる理由は容易に察しがつく。だが、個々の物語は一貫して問題解決策を見つける人々にまつわるものだ。本書をＳＦファンに強くお勧めする。ＳＦが越える境界は外宇宙にとどまらない、ということを思いださせてくれるからだ」

他人のふんどしで相撲をとるようで恐縮だが、もうひとつ書評を引こう。作家であり、日本ＳＦの英訳レーベル、ハイカソルの編集者を務めたニック・ママタス（ギリシャ系）の言葉である——

「しばしば水中に没しており、ときには完全にヴァーチャルであり、経済危機から蜜蜂絶滅にいたる災厄に直面している近未来のギリシャが、これらの物語のなかに生き生きと描かれている。学校で学んだこと、休暇旅行で見知ったこと、移民一世である祖父母から聞いたことはすべて忘れたまえ。これこそが本物なのだ」

これ以上の贅言（ぜいげん）は不要だろう。

訳者代表　中村（なかむら）融（とおる）

二〇二二年九月

Mystery & Adventure

〈シグマフォース〉シリーズ⑤
ケルトの封印　上下
ジェームズ・ロリンズ／桑田 健［訳］

癒しか、呪いか？　その封印が解かれし時――人類は未来への扉を開くのか？　それとも破滅へ一歩を踏み出すのか……。

〈シグマフォース〉シリーズ⑥
ジェファーソンの密約　上下
ジェームズ・ロリンズ／桑田 健［訳］

光と闇の米建国史――。アメリカ建国の歴史の裏に隠された大いなる謎……人類を滅亡させるのは〈呪い〉か、それとも〈科学〉か？

〈シグマフォース〉シリーズ⑦
ギルドの系譜　上下
ジェームズ・ロリンズ／桑田 健［訳］

最大の秘密とされている〈真の血筋〉に、ついに辿り着く〈シグマフォース〉！　組織の黒幕は果たして誰か？

〈シグマフォース〉シリーズ⑧
チンギスの陵墓　上下
ジェームズ・ロリンズ／桑田 健［訳］

〈神の目〉が映し出した人類の未来、そこには崩壊するアメリカの姿が……「真実」とは何か？「現実」とは何か？

〈シグマフォース〉シリーズ⑨
ダーウィンの警告　上下
ジェームズ・ロリンズ／桑田 健［訳］

南極大陸から〈第六の絶滅〉が、今、始まる……。ダーウィンの過去からの警告が、明らかになるとき、人類絶滅の脅威が迫る！

〈シグマフォース〉シリーズ⑩
イヴの迷宮 上下
ジェームズ・ロリンズ／桑田 健［訳］

〈聖なる母の遺骨〉が示す、人類の叡智の根源とその未来――なぜ人類の知能は急速に発達したのか？ Σ VS中国軍科学技術集団！

〈シグマフォース〉外伝
タッカー&ケイン 黙示録の種子 上下
ジェームズ・ロリンズ／桑田 健［訳］

〝人〟と〝犬〟の種を超えた深い絆で結ばれた元米軍大尉と軍用犬――タッカー&ケイン。〈Σフォース〉の秘密兵器、遂に始動！

〈シグマフォース〉シリーズⓍ
Σ FILES 〈シグマフォース〉機密ファイル
ジェームズ・ロリンズ／桑田 健［訳］

セイチャン、タッカー&ケイン、コワルスキのこれまで明かされなかった物語＋Σをより理解できる〈分析ファイル〉を収録！

THE HUNTERS
ルーマニアの財宝列車を奪還せよ 上下
クリス・カズネスキ／桑田 健［訳］

ハンターズ――各分野のエキスパートたち。彼らに下されたミッションは、歴史の闇に消えた財宝列車を手に入れること。

THE HUNTERS
アレクサンダー大王の墓を発掘せよ 上下
クリス・カズネスキ／桑田 健［訳］

その墓に近づく者に禍あれ――今回の財宝探しは最高難易度。地下遺跡で未知なる敵が待ち受ける！ 歴史ミステリ×アクション!!

タイラー・ロックの冒険①
THE ARK 失われたノアの方舟 上下
ボイド・モリソン／阿部清美［訳］

旧約聖書の偉大なミステリー〈ノアの方舟〉伝説に隠された謎を、大胆かつ戦慄する解釈で描く謎と冒険とスリル！

タイラー・ロックの冒険②
THE MIDAS CODE 呪われた黄金の手 上下
ボイド・モリソン／阿部清美［訳］

触ったもの全てを黄金に変える能力を持つとされていた〈ミダス王〉。果たして、それは事実か、単なる伝説か？

タイラー・ロックの冒険③
THE ROSWELL 封印された異星人の遺言 上下
ボイド・モリソン／阿部清美［訳］

人類の未来を脅かすUFO墜落事件！　全米を襲うテロの危機！　その背後にあったのは、1947年のUFO墜落事件——。

タイラー・ロックの冒険④
THE NESSIE 湖底に眠る伝説の巨獣 上下
ボイド・モリソン／阿部清美［訳］

湖底に眠る伝説の生物。その謎が解き明かされる時、ナチスの遺した〈古の武器〉が発動する……。それは、終末の始まりか——。

13番目の石板 上下
アレックス・ミッチェル／森野そら［訳］

『ギルガメシュ叙事詩』には、隠された〈13番目の書板〉があった。そこに書かれていたのは——〝未来を予知する方程式〟。

ギリシャSF傑作選

ノヴァ・ヘラス

2023年４月12日　初版第一刷発行

編者……………………フランチェスカ・T・バルビニ＆
フランチェスコ・ヴァルソ
訳者……………………中村融（なかむらとおる）他
装幀……………………坂野公一（さかのこういち）（welle design）

発行人…………………後藤明信
発行所…………………株式会社竹書房
〒102-0075
東京都千代田区三番町8-1　三番町東急ビル6F
email：info@takeshobo.co.jp
http://www.takeshobo.co.jp
印刷所…………………凸版印刷株式会社

定価はカバーに表示してあります。
■落丁・乱丁があった場合は furyo@takeshobo.co.jp まで
メールにてお問い合わせください。
Printed in Japan